The Long Goodbye

漫长的告别

[美] 帕蒂·戴维斯（Patti Davis） 著
黄瑶 译

天地出版社 | TIANDI PRESS

图书在版编目（CIP）数据

漫长的告别 /（美）帕蒂·戴维斯著；黄瑶译 . —成都：天地出版社，2021.5
ISBN 978-7-5455-6160-9

Ⅰ.①漫… Ⅱ.①帕… ②黄… Ⅲ.①回忆录—美国—现代 Ⅳ.① I712.55

中国版本图书馆 CIP 数据核字（2021）第 047128 号

THE LONG GOODBYE
Copyright © 2004 by Patti Davis
Simplified Chinese edition copyright © 2021 by Beijing Huaxia Winshare Books Co., Ltd.
This translation published by arrangement with Alfred A. Knopf, an imprint of The Knopf Doubleday Group, a division of Penguin Random House, LLC.
All rights reserved.

著作权登记号　图字：21-2021-105

MANCHANG DE GAOBIE

漫长的告别

出 品 人	杨　政
作　　者	[美]帕蒂·戴维斯
译　　者	黄　瑶
责任编辑	王　絮　霍春霞
封面设计	古涧千溪
内文排版	冉冉工作室
责任印制	王学锋

出版发行	天地出版社 （成都市槐树街 2 号　邮政编码：610014） （北京市方庄芳群园 3 区 3 号　邮政编码：100078）
网　　址	http://www.tiandiph.com
电子邮箱	tianditg@163.com
经　　销	新华文轩出版传媒股份有限公司

印　　刷	天津融正印刷有限公司
版　　次	2021 年 5 月第 1 版
印　　次	2021 年 5 月第 1 次印刷
开　　本	880mm×1230mm　1/32
印　　张	9
字　　数	174 千字
定　　价	58.00 元
书　　号	ISBN 978-7-5455-6160-9

版权所有◆违者必究

咨询电话：（028）87734639（总编室）
购书热线：（010）67693207（营销中心）

如有印装错误，请与本社联系调换。

感谢维多利亚·威尔逊,感谢她的卓识与智慧,

以及在本书漫长的诞生过程中无比的耐心。

感谢我的弟弟罗恩,感谢他用强壮的臂膀环抱母亲的双肩,

证明了幽默可以通过基因传承。

谨以此书向我的母亲致敬,因为她用爱展现了美丽与勇气。

向我的父亲致敬,感谢他为我们指明了回家的路。

家人们无助地看着自己
所爱的人慢慢失去关于身边一切的记忆，
忘记人，忘记地方，忘记一切事情，
就像是一场漫长的告别。

——南希·里根

序 言
PREFACE

大约十岁时，我会和父亲一起驱车前往儿时家中拥有的牧场。一个阳光明媚的星期六，我们驶离太平洋海岸高速公路，走上了熟悉的山路。这条路将把我们带往阿古拉山的田野与荒芜的原野。出城的路上，我们聊起了父亲那匹名叫南希·D的马和它即将出生的马驹。这次怀孕并不在计划中。别人送给父亲的一匹阿帕卢萨种马冲破两道围墙来到南希·D的身边，取得了令人钦佩的成功。

车子刚一驶入牧场的仓院，我们就看到了牧场照管员雷，心知肯定大事不妙。他的脸上布满泪痕，哭肿了双眼，垂着脑袋站

漫长的告别
THE LONG GOODBYE

在父亲面前，无法直视他的目光。前一天夜里，南希·D死于一种未知的病毒。谁也不知道它是怎么被感染的。没有任何症状，没有任何迹象。病毒就这样以迅雷不及掩耳的速度杀死了它和它腹中的马驹。

我的眼泪夺眶而出。南希·D是我骑过的第一匹马。在我小的时候，父亲常把我抱上马鞍，让我坐在他的前面。等我长大些，他会把我拽到南希·D的背上，领着我在马场上转悠。它很有耐心，性情沉稳，似乎知道自己背上的这个小姑娘还年幼无知、缺乏骑马的经验。那天早上，当我在蔚蓝的天空下抬头望向父亲时，他并没有流泪，而是用深情、温柔的表情仰望着蓝天……仿佛思绪已经飘向千里之外。

"你为什么不哭呀？"泪眼蒙眬中，我问他。

他把一只手搭在我的肩头，望着我的双眼说："因为我正在回忆自己和它共度的所有美妙时光。我们一同经历过一段美好的岁月。"

这是我学到的关于死亡的第一课——超越它，回顾已经逝去的生活，哪怕只有一瞬间的美好，也是珍贵的记忆。它们能使我们的生命得以维系，而这也是父亲试图传授给我的经验。

父亲去世的那一天，我曾在他的耳畔低语："你又能见到南

序言
PREFACE

希·D了。你们可以像过去一样，踏上漫长的旅途。"这话充满了他一直希望我能拥有的期盼——期盼他安息的灵魂能够听到。

他去世后的那些天，那几个星期，我发现自己的脑海中总是浮现我们站在牧场上的画面：阳光明媚的星期六清晨，父亲的目光仰望着天空。他对死亡的第一反应是记住逝去的美好生活。回忆涌上心头之际，我发自内心地问：你在哪里？

撇开更大的问题不谈，我知道有个地方一定能够找到我的父亲。那就是我从1995年4月开始书写的手稿。1997年2月，我把已经写了好几百页的手稿搁在了一旁。我动笔，是为了缓解那年春天突如其来的悲痛——六个月前，父亲向全世界宣布，他被确诊患上了阿尔茨海默病。我不知道，为何过了这么多个月，我才在谁也无法掌控的命运下崩溃。悲痛拥有自己的时间表。它说不定也有仁慈的一面——先是震惊，然后是麻木。我们随波逐流，心知生活已经发生了翻天覆地的变化，却还是无法完全理解其中的意味。

无论如何，那一年的4月，我开始动笔书写某种日记——在辗转无眠的夜晚，在万籁俱寂的黎明；有时是在出租车的后座上，有时是在哥伦布大道上的室外咖啡馆。我当时住在纽约。中央公园里的树木已经萌发出新的叶片，处处花团锦簇。温暖的空

漫长的告别
—
THE LONG GOODBYE

气如同波浪般翻涌。我沉浸在崭新的生活中，就连与母亲的关系也开始发生转变……

在令人寒心沮丧、让父亲深深受伤的多年家庭战争之后，我们悲喜交加、心平气和地一同踏上了失去父亲的艰难旅程。母亲称这段路为"漫长的告别"。当我终于意识到自己是在创作一本书时，用它作为书名似乎再合适不过了。

近两年的时间里，我都在自己从未经历过的悲痛中穿梭，在回忆、恐惧与沉重得令人几乎无法忍受的哀痛中蹦跳。我在纽约谋了一个生计，对母亲有了前所未有的了解，还会尽可能回到加利福尼亚州，花时间陪伴父亲。我笔耕不辍地疯狂写作，试图去理解死亡，因为它一直在拖住我们的家庭，予取予求，定义我们的人生。我们还将从哪些方面失去我的父亲？残忍的阿尔茨海默病治疗过后，他会变成什么样的人？年复一年眼睁睁地看着他日渐远去，我们会变成什么样的人？

多年来，我和姐姐莫琳一直在互相争斗，彼此忌妒，多半是为了父亲。在这段时间里，我们也抛却了矛盾，学会了如何成为姐妹，两人之间充满了关爱的长途电话也拨得越来越频繁。

她做了黑色素瘤手术，正在接受长达一年的干扰素治疗。治疗使她备受折磨，她变得体弱多病，无法从萨克拉门托的家中赶

序言
PREFACE

来洛杉矶探望父亲。我想,相比癌症治疗,她为此所受的折磨肯定更令她心痛。

1997年2月,我将手稿放在了一旁。令我心绪不宁的悲痛已经日渐平息。展望未来,我明白自己将不可避免地花上数月,也许是数年去等待一个结局。阿尔茨海默病紧紧锁闭了所有的门与出路。无法赦免,无处可逃。时间成了敌人,如同绵延数英里[1]的休耕田,在我们眼前铺展开来。我推断,要是我锲而不舍地为这本书添枝加叶,最终肯定会写出一本上千页的大部头,其中大部分讲述的都是漫长的等待,等待事情的恶化或是终结,而我和我爱的人只有无助,束手无策。用医学术语来说,这属于"停滞期"。也就是说,阿尔茨海默病患者的病情会沿着某种平稳得出奇的轨迹发展,一日日并没有明显的不同。这种状态能够持续数月,然而他们却是如履薄冰。改变终将到来。摔倒。下一阶段。要是死亡没有先一步夺走他们的性命,那么病情就会恶化。

1997年,我搬回洛杉矶,离父母更近了,离父亲的离开也更近了。接下来的七年间,我曾为杂志报纸投稿,偶尔还会写写我们全家的经历。我会把这些文章看作明信片。我越发清楚地意

---

[1] 1英里=1.609 334公里。——编者注

漫长的告别
THE LONG GOODBYE

识到，世界竟然如此在乎我的父亲，想要知晓他的病情，知晓我们过得如何。那些年间，阿尔茨海默病已经走出了阴影。人们会公开讨论这种病症，既不会感到羞耻，又不会感到尴尬。于是，在某个特定的节日到来，唤起了某些记忆（许多遭到阿尔茨海默病侵袭的家庭都会被这样的记忆困扰）时，或是在我们漫长的告别过程中出现了某些一定要被记录下来的剧变时，我都会书写这样的"明信片"。

那些年间，我们的家庭发生了天翻地覆的变化。莫琳再次被黑色素瘤击倒。不过这一次，黑色素瘤已经无处不在，在她的身体里横行霸道，所向披靡。她是个英勇的斗士，拒绝投降。2001年2月，她住进了圣莫尼卡的圣约翰医院约翰·韦恩癌症病房。父亲也在那段时间摔伤了髋部，被火速送进了同一家医院。罗恩从西雅图飞了回来。我们去了某一层楼探望莫琳，又去了另一层楼探望父亲。莫琳已经病入膏肓，连迈下三层楼去看看她崇拜的父亲都做不到。就算她去得了，父亲也未必认得出她。

如今，我的母亲不得不独自一人睡在他们的床上。她的爱人、她数十年的伴侣此刻不得不睡在医院的病床上。父亲昔日的办公室现在已经变成了他的卧室。我们必须找护士照料他。有人告诉我们，他几个月内就将离开人世。谁也没有想到，他竟然还

序言
PREFACE

能再活四年，成为阿尔茨海默病的俘虏，卧床不起。

2001年8月9日，莫琳在萨克拉门托的家中去世，身旁有丈夫和女儿的陪伴。我们的家庭正以各种各样的方式日渐缩小。

接下来的一个月，整个世界天翻地覆。9月11日，两座摩天大楼在那个可怕的日子里轰然倒塌，摧毁了成千上万的生命。它摧毁了人们的信仰和对未来的希望，也毁灭了所有人心中某种至关重要的东西。我们所熟知的生活结构被撕得粉碎，留下了永远无法磨灭的恐惧感。

我和母亲站在父亲的床边，将发生的事情悉数告诉了他，即便他已经无法清醒地理解我们所说的话。"我们遭遇了一件可怕的事情。"我对他耳语，"我们再也无法和从前一样了。""9·11"恐怖袭击事件之后，我比前几年更加想念他，而我从未想过这份思念还能更浓。可事实就是如此。作为他的女儿，我想念他。我知道他至少能说些什么，让我展望没有眼泪、不再心如刀绞的将来，想象一下不再那么痛苦的明天。作为一个美国人，我也想念他。我们的国家正创巨痛深，迫切地需要慰藉与安抚，需要一只引导的手和一个令人安慰的坚强声音……没有人能够给予我们这些。我的父亲是沉默的。那个正占据着美国总统办公室的人并不知道如何安抚一个沉浸在悲痛中的国家。

漫长的告别
THE LONG GOODBYE

贝莱尔的基督教长老会举办了一场礼拜仪式。我和母亲参加了,坐在我的父母昔日常坐的一张靠背长凳上。我所坐的靠近通道的座位就是父亲常坐的位置。他有幽闭恐惧症。我和他一样备受这种恐惧症的折磨,所以很高兴能够坐在他的座位上。当唱诗班唱起《美丽的美利坚》时,我的泪水夺眶而出。我为父亲深爱过的这个国家哭泣。我曾在20世纪60年代为她挥舞过拳头,也曾在80年代恨她夺走了我的父亲。他成了总统,她则成了他更加重要的孩子。我为躺在几英里外病榻上的那个男人而哭泣,因为他无力帮助自己如此深爱的国家复原。我为每一个面对骤然残忍失去的人哭泣,因为他们本以为明天还能见到自己心爱的、在意的人。我希望能探寻父亲要说的话,知道它多多少少可以安抚遍布全身、敞开大口的新鲜伤口,可我不能。他的智慧,他在危急时刻抚慰人心的能力都已被某种疾病带走。它不在乎你能给世界带来什么,只会因为你挡了它的路而袭击你。

父亲去世后的第十天,我从书架上取下一盒稿件。这些稿件是我自1995年4月以来写下的,题目名为《漫长的告别》。那是个雾霭重重的早晨,让我想起了父亲生命的最后一天,那个柔和的、白色的早晨。我花了好几个小时的时间慢慢阅读,在回忆

序言
PREFACE

当年的过程中又成了那个刚刚开始克服丧父剧痛的女儿——他的离开给世界留下了一个空洞，永远无法被填满。当时我并不清楚，作为缓慢死亡的前奏，阿尔茨海默病能够发展到何种程度，又将如何模糊父亲身上独一无二的本质。1995年，还没有多少人知道该如何应对这种疾病。我们知道它是一片不毛之地，但那又意味着什么？在死亡的土地上，我们都会想象自己能够偶然发现几片绿洲，意外地找到郁郁葱葱的森林。在阅读这些书稿的过程中，我发现自己和莫琳都曾短暂怀抱过这种幻想。

经历了阿尔茨海默病之旅，我发现事实并非如此。阿尔茨海默病是一种"片甲不留"的疾病。你以为会被留下的东西，一样都不会留下。不过，在告诉你这一点时，我必须对你说的是，如果你的身边有谁得了阿尔茨海默病，只要你敞开心扉、放开思想去密切关注，就会发现这种疾病永远不会跨越灵魂的界限。多年来，我一直都在与父亲进行温情、真诚的交谈。这是我们两人之间心灵的交谈，有时还是在彻底的沉默中进行的。有人会说，这是不会发生也不可能发生的，只是一厢情愿的幻想。不要相信他们。

1995年，我动笔创作这本书时曾有一个天真的想法：这不是一本关于阿尔茨海默病的书，而是一部仅仅与悲伤有关的作

漫长的告别
THE LONG GOODBYE

品。我错了。阿尔茨海默病在这些书页间成了挥之不去的存在。它是一个无情的海盗，一个无人能及、可以偷走整个人的小偷。唯一能够战胜它的是灵魂。父亲用自己临终前的最后一刻证明了这一点。

尽管如此，但这终究还是一个悲痛的故事。它讲述了学习如何跌跌撞撞地迈出凌乱的第一步，即便前路昏暗、布满意想不到的障碍，也要努力走下去的故事。

书中还包含一些混乱的内容——我对母亲出售牧场的决定感到十分矛盾。我想要紧紧抓住曾属于父亲的一切不放，主要是因为我无法紧握住他不放。他正在离去。什么也无法将他归还给我们。要是我能够留住他如此深爱的那片土地……

对于里根图书馆在我们生活中的角色，我也十分矛盾。我对它的看法与我过去对美国的看法一样。它就是一个机构，以我无法想象的方式拥有了我的父母。这么多年过去了，当我读到这些手稿时，还有想要撕掉那几页的冲动。但是我没有。当时刚刚陷入悲痛的我就是如此心烦意乱。故事的叙述被我完整地保留了下来。

如今，父亲已经被安葬在图书馆里，母亲也将长眠于此。在漫长的一周哀悼活动的最后一天，我们站在那里，头顶是绵延数

序言
PREFACE

英里的天空，脚下是起伏数英亩[1]的土地。我终于明白父母为何会爱上那座山巅，又为何希望将自己安葬在那里。

我们发现自我，安排生活中的轻重缓急，从开端到结局，经历了悲欢离合。时间如长流般，载着我们一路改变。在学习哀悼的过程中，我们逐渐长成了自己一直立志要成为的人。原来回首过去就是为了了解现在的自己。

在一个晴空万里、落日熔金的傍晚，我们按照父亲的遗愿将他的骨灰盒留在了图书馆。但我们永远也不会丢下他，他也永远不会远离我们。这个国家，这个世界都会记住这个男人。他热爱美国，相信这片国土和它所能带来的希望。他们还会记住他对总统一职的重要性。

作为他的女儿，我会记住他那健壮的双臂曾将我抱上马背，教导我无论何时跌倒，最重要的都是重新爬起来，这样才不会让恐惧有机可乘。我会记住他曾在大海上教我如何乘着海浪冲向沙滩，或是径直游向海浪，从浪头滑向较为平静的水域。我会记住他对天空了如指掌——能够指出飞马星座、北斗七星、猎户星座……而且永远都知道北极星的位置。我小时候去芝加哥探望祖

---

[1] 1英亩=4 046.86平方米。——编者注

漫长的告别
THE LONG GOODBYE

父母时,他曾告诉我,北极星能为水手指引回家的路。如果你迷路了,就抬头去找北极星。

在芝加哥的那个晴朗的夜晚,他教会了我抬头仰望。那时我还太过年幼,父亲可能永远也不会明白,我是怎么记住这一切的。在加利福尼亚州的某个清晨,阳光如同奶油糖果般洒在我们的肩头。他的爱马在午夜时分死去了,他却教我要抬头仰望。

我一直在努力做一个优秀的学生。我会在夜晚最安静的时候醒来,通常是凌晨三点钟左右。不知为何,我就是会在那时醒来。和他为我讲述的水手一样,漂泊的我迷失了方向,分不清东西。我想要知道父亲去了哪里,于是走到床边,在天空中找到了那颗北极星。这就是父亲教我的,迷失了方向、找不到回家的路时,就去寻找北极星。

我的父亲永远向往着回家。

目 录
CONTENTS

1995 年 4 月 / **希望的光芒** 001

1995 年 5 月,洛杉矶 / **死亡:生命永恒的伴侣** 007

1995 年 6 月 / **一次重生之旅** 013

1995 年 6 月末 / **面纱** 021

1995 年 7 月 / **"漫长的告别"** 027

1995年7月末 / **伟大的爱情**	041
1995年8月，洛杉矶 / **父爱如山**	051
1995年8月 / **失落、恐惧、成熟**	059
1995年9月 / **"只要我还能说话"**	071
1995年10月 / **充满情感的心脏**	085
1995年10月末 / **定格在心中的画面**	095
1995年11月 / **"我已经八十四岁了"**	101
1995年11月，洛杉矶 / **平静之下的巨大力量**	109
1995年12月 / **梦境**	117
1995年圣诞假期，洛杉矶 / **河流与牧场**	129

1996 年 1 月 / 阴沉的世界	143
1996 年 2 月,洛杉矶 / 苦涩的甜蜜	151
1996 年 3 月 / 你将如何度过最后的日子	173
1996 年 4 月 / 爱的纽带	181
1996 年 4 月,洛杉矶 / 牧场里,他无处不在	189
1996 年 5 月 / 里根图书馆	203
1996 年 7 月,洛杉矶 / "就像在和云彩说话"	213
1996 年 7 月 / 刻在照片中的记忆	219
1996 年 8 月 / 失去牧场,父亲缺席	225
1996 年 10 月 / 他正在慢慢离去	235

1997年2月,洛杉矶 / **活在当下**   241

2004年6月3日 / **月圆之夜**   247

2004年6月4日 / **那一刻已经近了**   253

2004年6月5日 / **他从未离开**   257

后记   265

1995年4月

希望的光芒

当一个人的目光因为疾病和苦难而黯淡时,
总会有几缕微弱的光芒出现。

漫长的告别
THE LONG GOODBYE

1984年我结婚时，父亲曾在我的婚礼上致辞。我不记得他具体说了些什么，但肯定与他的回忆有关。他还记得我孩提时牵着他的那只手曾经多么娇小。多年后，他在婚礼上牵着我递出去的已经是一只更加成熟的手，一只女人的手。

这些日子里，我发现自己会注视着父亲的双手。它们似乎已经变得越来越小，瘦弱了一些，仿佛不再需要用力抓住生活，将它紧紧握着；相反，它们已经学会了放开。这是一种温柔的释放，不像我曾欣然接受的迪伦·托马斯在诗中写道的那样："不要温和地走进那个良夜／暮年应该在白昼结束时燃烧与咆哮。"

我仍旧喜欢那首诗，喜欢它的狂怒，喜欢它暴躁的热情。但我觉得父亲的方式更加惬意。

这些日子以来，我也会注视他的双眼。跨越令人难以理

1995年4月
―
希望的光芒

解的距离，它们闪烁着微光，满足于望着自己的注意力所在的地方。我看向他的双眼，就像望见了一股平静的微风。那份宁静颇具感染力。

与阿尔茨海默病患者相处，你往往会试图将他们拉回来，让他们参与到对话中，激起他们对你所谈之事的兴趣。但我已经不这么做了，因为这在我看来似乎是一种打扰。他无论身在何方，都已心满意足；他无论身在何方，都不该被打扰。

在年幼时家中拥有的牧场上，父亲曾教过我：当一匹马日渐衰老，再骑它就是对它不仁，还可能造成伤害时，就该允许它过更加平静的生活，任其在牧场广袤的草地上漫步。我还记得，我们的好几匹马在生命剩下的日子里都是在宽阔的绿地中吃草。这正是我如今对父亲的看法，也是我从他的眼中看到的。不管怎样，他所在的地方大部分时间都是比较平静的。他正在细细品味自己所剩的分分秒秒，望着午后的阳光为草坪或空中飘过的云朵镀上金边，注视着终于学会如何欢笑相处、相亲相爱的家人。他也在享受稍纵即逝的生活滋味——那些注定将随风飘散却丰富多彩的瞬间。你如果能像我的父亲一样，也会这样做。他够向上帝之手，留下我们，用不起眼的方式说着再见，让我们日渐习惯他的缺席。

漫长的告别
THE LONG GOODBYE

我没有读过任何有关阿尔茨海默病的书。也许我应该读一读，可我不想让思绪堆满别人的感想，抑或受医学预测与评定的影响。我想要一直注视着父亲的双手，记住它们如何改变，上面的老茧如何软化、消失。我想要从他的眼神中标记他离开的距离。它们就是一张地图，但你得仔细观察。有时候，我觉得自己真的看到他在离开，在后退，在循着自己的方向远离这个世界，步入下一个世界。其他时候，我又看到他就在那里，仿佛每一个时刻都被他封存在了玻璃下面。

当夏令时要求我们把时间拨快一个钟头的时候，我就会想起父亲。母亲说，她拨的第一块表就是他的手表。他现在也会经常看表，我不知道为什么。难道是因为时间似乎过得更快了，他想要通过记录它的流逝来追逐它？还是因为如今一天中的每寸光阴都有了什么特殊的意义？不管怎样，失去一小时对他的影响肯定比对我们任何人都更大。生命是用时间来衡量的：一年又一年，一月又一月，一小时又一小时。一小时就这么消失了。它不是被浪费的，不曾在白日梦或凝视窗外的过程中被挥霍。它是被夺走的，被抹去的，因为有什么东西认为事情就该如此。偶尔，我会试着像他那样去看待问题。眼下的他更多的是活在当下。这也是我从阿尔茨海

1995年4月
希望的光芒

默病上学到的一点：过去和未来都是危机重重的。我突然想到，宝贵的一小时——衡量生命的尺度——竟如此轻易就能从时间的地图上被抹去，这对他而言似乎是不公平的。但我也想到，在某种程度上，我们所有人都该像他一样生活，活在当下。

在这段悲伤的日子里，我把它当成一份小小的礼物，紧握在手中不放。我猜，当一个人的目光因为疾病和苦难而黯淡时，总会有几缕微弱的光芒出现。你必须警惕它们的到来，抓紧它们不放。

1995年5月,洛杉矶

死亡:生命永恒的伴侣

死亡是我们永恒的伴侣,
会停在我们的左肩上一路随行。

漫长的告别
THE LONG GOODBYE

星期天一早，我随父母去了教堂。父亲一整个星期都在期待这一天，我也想分享这种感受。我想近距离地看着他，从他身上了解他对自己信仰的崇敬之心。

他记得主祷文中的每一个字。他直视前方，望向讲坛和背后高大的木制十字架，跟随其他人一起背诵着祷文，一字不落。他在唱赞美诗时也是一样的："赞美上帝，所有的祝福都由他而来……"他唱得一清二楚。

我想到了被我们称为"记忆"的东西的神奇功能。即便正被阿尔茨海默病这样无情的疾病侵蚀，记忆还是能够占据一块领地，抵御时间的流逝和疾病的不断进攻。就我父亲的例子而言，他的领地中承载着赞美诗与祷文。它们就是他永恒不变的宝藏，是被他握在手中翻来覆去抛光、磨平的闪亮石头。坐在父母中间，我暂时闭上双眼，祈祷他永远都能背

1995年5月，洛杉矶
死亡：生命永恒的伴侣

诵主祷文，永远都能背诵赞美诗。我央求上帝，一定要好好保管他的宝藏。

如今，我会和母亲谈论死亡，仿佛我们已经任它摆布，渐渐适应了它在四周潜伏。眼下，它还仅仅是墙上的一道阴影，却正日益拉长，黎明时分也不会消失。我想起了卡洛斯·卡斯塔涅达书中唐璜的忠告。他说，死亡是我们永恒的伴侣，会停在我们的左肩上一路随行，我们的任务就是将它变为自己的"盟友"。

在与母亲的对话中，我觉得我们都在和这个影子般的存在、这个真正的敌人、这个不受欢迎的客人做朋友。因为我们的敌人——真正令人恐惧的使者，将是阿尔茨海默病持续发展的整个过程。我永远都不想看到父亲站在教堂里却记不起主祷文的那一天，宁愿看着他转向自己的左肩说："好吧，我现在已经准备好了。"

这些日子以来，我与母亲会经常提醒对方，悲痛的过程才刚刚开始。这是一段崎岖的旅程。我们需要确信自己已经走过了一段距离。这就像反复从一杯水前经过——它无法缩短距离，却能有所助益。

漫长的告别
THE LONG GOODBYE

如今,每次我对父亲说出"我爱你"时,都是经过深思熟虑、极其专注的。我会直视着他的眼睛,径直望向他灵魂的最深处。我想让这些字眼就像主祷文中的文字那样,永远不会被他忘怀,能够抵御疾病的侵袭。

我们都有离开此生、步入来生的途径。这就是我父亲的途径,尽管对于我们这些不希望他有半点差池的人来说是悲哀的,但它终究会成为他回家的路。这也是他一直以来告诉我的:上帝会在准备好的时候来到我们身边,带我们回家。

天堂在父亲的口中听上去如此美好,成了一个万物都能和谐共处的和平绿色王国,宛若天堂居民的挪亚方舟。我曾经养过一条鱼。它死后,我们将它从水族箱里捞出来,办了一场葬礼。父亲用小棍儿绑了一个十字架,放置在小小的坟墓上,还为它献上了一段简短的悼词,告诉我它能畅游在天堂清澈的蓝色泉水中。我仿佛看得到那汪泉水,蓝得如同天空一般,无穷无尽。里面还有其他鱼,谁也不会吞食彼此。这样的美景令我深深着迷,以至于替我的另外一条鱼感到抱歉。它被困在水族箱狭小的人工环境中,身边围绕着染色的岩石与灰色的塑料城堡。

"也许我们应该把另外几条鱼杀了。"我对父亲说,迫不

1995年5月,洛杉矶
死亡:生命永恒的伴侣

及待地想要赋予它们同样的自由,让它们拥有和刚刚离世的那条鱼一样的美好。

他对我说,按照上帝的安排,另外几条鱼也会离开的。

回顾童年,我才能找回那些曾让我感觉美好的故事,期冀它们还能起到同样的作用。随着年龄的增长,我变得越来越不确定了。我是什么时候停止了对另一边那座蓝绿色天堂的想象的?恐惧又是何时躲进阴影中的?我需要回到故事中去,才能放父亲离开。

1995年6月

一次重生之旅

死亡就是一个持续发展的过程,
像一次灵魂的重新安置,一次重生之旅。

漫长的告别
THE LONG GOODBYE

我和母亲各有一位生病的朋友。在他们与千疮百孔的肉体做斗争时，我们只能束手无策地旁观。她朋友的身体正遭癌症蹂躏；我朋友艾滋病病毒测试呈阳性已经超过十年，如今正在与不适、感染和疾病持续不断的折磨做斗争，最近的病症是淋巴癌。要是化疗没有将他摧毁，他也许还能康复。她的朋友就没有希望了。

几个星期以来，我和她一直保持联络，分享各自的经验、想法与恐惧。这些对话的背后，若隐若现的永远都是父亲可能的离世。我不止一次猛然想起，在讨论彼此的朋友时，我和她也会谈及我的父亲。在黑暗的湖水中费力跋涉，我们在到达对岸前将越陷越深。这是在为旅途不断积蓄、做好准备。

这个星期，母亲要飞来纽约，小住几天。和其他外来客

1995年6月
—
一次重生之旅

通常的做法一样,她会把这段短暂的时间尽力安排得满满当当。对游客来说,在纽约的停留是一种旋风式的体验。而对我们来说,它就平稳多了。她此行的原因之一,是朋友每况愈下的健康状况。她很有可能不会再有机会与他见面了。

星期天,母亲在动身前往她朋友临终时居住的公寓前,我们一起吃了顿早餐。在卡莱尔酒店的餐厅里,我为母亲讲述了自己近来做过的一个梦。梦中,父亲的手正在流血。他抬起流血的手,鲜血顺着他的手臂往下淌。我试图帮助他,可他一直在安慰我说,他没事,不必担心。没过多久,他便消失了。我怎么也找不到他。特工告诉我,他已经被送进了医院,可是他们也不知道是哪一家。我拼命想要找到他。在此过程中,我看到有人正带着旅行团在我童年的家中游览。游客们排着长队,前来参观我们的生活。

她朋友的公寓就像是某个知道自己大去之期不远的人会住的地方。客厅的花瓶里摆放着久置的枯萎花朵,一脸倦容的盆栽植物因为缺水而耷拉着脑袋。他正在书房里等待我们,后背用枕头撑着靠在扶手椅上,手边还摆放着水和药。他看上去和我的那位朋友一样,形容枯槁,一双充满疑问的眼睛睁得大大的,试图超越目力所及,却又飞快地将眼神缩了回去。与母亲及她的这位最好的朋友坐在一起时,我心想,到底是哪一种疾病正在侵蚀你的肉体其实无所谓,因为最终的结局看上去都如出一辙:肉体屈服了,日渐无力,眼神却在问着为什么。

"没有你,我可怎么办呀?"母亲一度开口问道。

"哦,你能应付得来。"他回答,却话中有话。他们正在与彼此道别。

我知道母亲在强忍泪水,因为三天前,我坐在朋友的病房里时也有同样的经历。在罗斯福医院的四楼,他望着窗外,停顿片刻,用温和的声音说道:"有些时候,我真不知道自己为何还要这么努力地为生存而战。这个世界太艰难了。"我没有回答,只觉得含着泪水的双眼酸酸的。

几天后,我与母亲并肩坐在她朋友的公寓里。客厅里摆满了珍贵的艺术品,是他一生的收藏。他望着远方说:"我就是不明白,我这是怎么了。"她没有回答。不过我觉得,她的沉默也是一种回答。他们已经相识了三十多年,并非时刻都需要言语。

管家又为他送来了水。他询问我们要不要喝点儿什么。我俩都谢绝了。他看着我问:"你确定不来点儿什么吗?茶?

1995年6月
一次重生之旅

水？伦勃朗的画？"即便是在希望最渺茫的时刻，他还能见缝插针地开玩笑。我的朋友也是如此，想开玩笑的心思有时令我吃惊。

离开朋友的公寓大楼时，我不知该对母亲说些什么，于是伸出一只手搂住她的肩头，步入灿烂的阳光。我们都知道这是最后的道别。终于，我们吞吞吐吐地谈起了这件事。当汹涌复杂的情感令人语无伦次时，言语似乎是脆弱的。

写作在我的生活中是永恒不变的。它既能让我站稳脚跟，也能将我淹没，让我渴望求生。于是我匆匆寻找一张纸片——任何可以在上面写字的东西——生怕自己会遗忘什么，让这个异乎寻常的绝妙瞬间无法被记录下来。

我与母亲的对话从高高在上的精神领域回到了充满千难万险、令人难以应付的地球表面。我们谈到，死亡就是一个持续发展的过程，像一次灵魂的重新安置，一次重生之旅。我们还谈到了能将相爱的心绑在一起的情感纽带，并安慰彼此，这条纽带在连接两个世界间的通道里不会断开。我们还谈到了父亲，陪伴她四十三年的丈夫。最终，升起的地面还是会重重砸向我们。谁也无法留在上面。

漫长的告别
THE LONG GOODBYE

母亲向我诉说了她如今的生活有多孤独。他还在这里，但从许多方面来说，他又不在这里。某些微不足道的地方都能让她感受到孤独。他过去常会帮她的后背涂抹乳液，现在却不行了。更令她不知所措的是，她还要在对他的思念中度过余生。

许多平凡的琐事似乎都有意义。我觉得自己好像一直生活在某种隐喻的状态中。一起吃早午餐时，我和母亲都点了芦笋。我告诉她，多年前，我在加利福尼亚州拥有过一座大菜园。我发现，芦笋每隔一年才抽芽一次。在不抽芽的年份中，它会在土壤下等待，积蓄力量。为她讲述这个故事时，我想起了我们的家庭，想起了我们的回忆——那些最深的回忆都在等待从土壤中汲取力量。雨水多的年份，我能够收获粗壮得如同巨人脚趾般的芦笋。肆无忌惮地从地里钻出来的笋秆儿直直的，呈现出宜人的绿色。对于我的家庭来说，这是泪水充盈的一年，而我们的记忆会以夺目的色彩从土壤中喷薄而出，丰富我们的对话。母亲回忆道，父亲会在出门旅行时为她数好维生素药片，保证她每天有足够的摄入量，这样就不会感冒。我还记得自己骑在父亲的肩膀上横穿泳池，

1995年6月

一次重生之旅

就像一只青蛙骑在海豚的背上。我仍旧感受得到氯气刺痛了双眼，也仍旧看得到午后的太阳横跨天空，让泳池的一角笼罩在阴影中，我将那里称为亚马孙。培植菜园的那些年，我会从地里摘菜做晚餐；而现在，我们正从共同享有的记忆中收获。我们都需要养料。

四十多年了，在黎明灰蒙蒙的沉寂中，母亲都会转到我父亲的身旁，在他皮肤的气味和身体的热量中醒来。这数十年间——相当于我的一生——他都是她的爱人，她的丈夫。我几乎无法理解她痛失所爱的苦苦挣扎。不过这是可以想象的，因为我已经成熟到可以明白什么是失去，也能感受得到它在一个人的心里留下沟壑。我只是实在不知该如何表达。

我找不到言语来让母亲振作，重返湛蓝的天空。

我知道，在某种程度上，我正在经历亲子关系中常见的一种奇怪得近乎神秘的转变。我会试着去抚平母亲的悲伤，像她关怀我那样，安抚她微弱而又踌躇的声音中透露出来的内心恐惧。

这格外令人心酸，因为我们这代人曾经是叛逆的，反对成为任何人的子女，而我就是其中的一个。如今，我们中许多人都看到了形势的逆转、角色的互换。随着年龄的增长，

漫长的告别
THE LONG GOODBYE

我们走出阴影,为父母唱起了童年记忆中听腻了的摇篮曲。在环境与无情流逝的时间的要求下,我们变得比以前更和善、对人更友爱了。

母亲说,她在自己的母亲过世时才意识到,她已经"不再是任何人的宝贝女儿了"。能让这个世界变得更安全的呵护的双臂已经消失,让站在那里的她暴露无遗。按照另一个朋友的说法,就是"离深渊又近了一步"。如今,我会仔细聆听已经失去过双亲或双亲中的一位的朋友。他们的经历中都贯穿着相同的主线。直面我母亲的领悟对他们而言太揪心、太痛苦。他们必须先回顾童年,接受自己永远都是父母的子女这个观念,然后才能悲哀地意识到,他们已经不再是任何人的孩子了。

所以我们要沿路点灯,将它们留给身后之人。我们还要帮助彼此学会悲伤,学会去爱,学会把手伸向曾被我们推开的父母。对于过了这么久才终于长大的一代人而言,这是我们所能做的最有意义的事情了。

1995年6月末

面纱

摘掉面纱,我们放声哭泣,
为甜蜜的回忆欢笑,也为它们的飞逝难以置信地摇头。

漫长的告别
THE LONG GOODBYE

我的母亲属于习惯了戴面纱的一代女性。轻轻掀起白色的新娘披纱的那一刻，象征着一个女孩正在经历人生的转变。还有银幕传奇人物和时髦女性会戴的那种帽子，上面的网状面纱可以被优雅地拉下来遮住眼睛。然而抛弃面纱却被我们这一代人视为己任。我们穿着从二手店买来的缎子衬裙，素面朝天地赤着脚站在山顶上结婚。只有在参加化装舞会时，我们才会戴上葛丽泰·嘉宝那种端庄的头纱。尽管我们的母亲已经尽其所能去适应这个时代，却还是无法放弃许多无形的面纱。这些面纱能够掩盖生活的混乱与痛苦，还能掩盖光是活着就无法避免的纷纷扰扰。它们会让她们冷静下来，摆出一副无所畏惧的表情；从小习惯了释放情绪的我们则会去寻找可以让自己放声尖叫的互助小组。某一刻，她可能也会放声尖叫……但要先拉上窗帘。所以当百叶窗忘了关上或是

1995年6月末
-
面纱

头纱掉落下来的那一刻，局面往往会令人目瞪口呆。

今天早上，母亲的朋友去世了。我随她赶往他的公寓，本希望及时赶到，好让她能道一句再见，说她爱他，看着他的眼皮最后一次忽闪，在静止中闭合，却还是迟了十分钟。

他的另外两个朋友已经到了，都是女性。我的母亲要和她们共同承担起凌乱且繁重的善后任务。在此过程中，我亲眼见证了"头纱"的掉落。没有什么好隐藏，也没有什么可以让你隐藏，更没有想要隐藏的理由。死亡并不需要小心地应对。他的尸体就躺在床上，屋内的空调嗡嗡作响，窗外的纽约城正在忍受闷热的煎熬。母亲握住他依旧温热的手，亲吻了他的额头，说她爱他。我确定她当时肯定哭了。电话一直在响。后事必须料理，得有人给律师、医生、殡仪馆的工作人员和犹太教的拉比打电话。

身处他的公寓，我的目光所及之处都是记忆：照片、珍宝，还有一个威廉姆斯·索诺玛商场的购物袋。这东西看似微不足道，却吸引了我的注意，因为它和干洗的衣服、猫粮一样，就是日常的琐事之一。你会把它放在走廊或书架旁某个不属于它的地方，打算再回来取它。只不过生活另有计划。它打算结束一切——至少是结束我们想象中的生活，包括干

漫长的告别
THE LONG GOODBYE

洗的衣服、猫粮和威廉姆斯·索诺玛商店的几袋烹饪工具的生活。

母亲以前曾目睹过死亡,我却没有。不过这里的气氛还算是比较平和的。我敢肯定自己感觉得到他的灵魂正飘拂在开着空调的卧室上空。在这里,他曾痛苦地度过了太多个漫长的日夜。我想象他很享受失重的感觉,并且已经飘向了更加晴朗的天空。他死后留下的暴风雨就留给这三个女人(他的朋友们)吧。她们只能通过处理手头的事务来抵消对他的思念。

在这个阴沉而混乱的早晨,我感觉自己对死亡又有了更加深刻的了解。它其实是离重生又近了一步。生死的循环又回到原点,形成了一个完美的圆。

我们是戴着面纱来到这个世界的。婴儿的头上都蒙着从母亲子宫上脱落下来的胎膜。我们也是戴着面纱离开这个世界的。尽管没有回去看看,我相信会有人为她朋友的脸蒙上床单。和出生时一样,死亡也伴随着尖叫与泪水,还有对生死至高权威的敬畏之心。如果走运,我们可以满怀温柔的勇气迈步向前,靠近那些不加修饰的真实瞬间。摘掉面纱,我们放声哭泣,为甜蜜的回忆欢笑,也为它们的飞逝难以置信

1995年6月末
面纱

地摇头。我们还会紧紧牵住身旁的人。因为你永远不知道未来会发生什么。

为了参加葬礼,原本前来探病的母亲不得已多待了三天。大家都理解,她不想多离开我父亲几日。我还有一个想法,却没有问过她。要是她愿意,会开口告诉我的。这个想法与她错过朋友离世的那十分钟有关。不在我父亲身边的时间就相当于错过的时光。生活会以闪电般的速度发生改变。我相信她赶到朋友公寓的时机是命中注定的,而我父亲的离世也会在该发生的时候发生。

我把这个念头告诉了母亲,却再一次感到词穷。有些时候,我的言语就如儿时搭过的冰棍棒堡垒一样,风一吹就倒。

1995 年 7 月

"漫长的告别"

与所爱之人道别,
那句再见,不仅是道给即将离开的人,
也是道给他在人生旅途中积攒下来的点点滴滴。

漫长的告别
THE LONG GOODBYE

阿尔茨海默病缓缓夺走一个人生命的过程被我的母亲称为"漫长的告别"。这是她公开发表过的少有几句评论之一。面对论及我父亲健康状况的话题，我们一致选择了用毕恭毕敬的沉默来掩饰。这是一种令人心碎的说法。她告诉我，自己再也不会重提这句话了，因为它催人泪下。

我刚刚结束《天使不死》的巡回售书活动，没有多少时间顾得上流泪。在飞机和陌生的酒店房间中，我一有空就睡觉，在根本没有机会整理的行李箱中飞快地东翻西找，从一个采访奔赴另一个采访。绝大多数采访都是友好的，充满了鼓励的意味。成为一名作家、将自己置于风口浪尖是我的选择。我都不知道自己在历次的巡回售书"战役"中是如何幸免于难的。可以想见，即便是最顺利的巡回售书活动，也总会有一场采访令你对采访者的粗鲁迷惘地摇头。

1995年7月
–
"漫长的告别"

事情发生在一座小城市里。城市的名字我就不提了。那是一场午后的脱口秀节目。节目主持是一个想成为却永远成不了奥普拉的女人。她开口询问了我父亲的状况。针对这个采访问题，我的答案一成不变。"他很好。"我说，"在涉及他健康状况的问题上，我的家人需要保留隐私。不过他很好。"

这样的答案通常就已足够，谁也不会进一步逼问。"那他还记得你吗？你能和他对话吗？"她显然认为，问几句我已明确表示不会回答的私人问题是完全合理的。

"如我所言，我们需要保留隐私。我觉得我们有这个权利。"

"你们具体是什么时候发现他得了阿尔茨海默病的？是不是开始注意到他会忘东忘西，或是把事情搞混？"

"我已经明确说过了，你问的这个问题我不会回答。"我的语气更强硬了。我能感觉到现场观众的尴尬。她却又试了一次。

"现在和他对话是什么感觉？你都会和他聊些什么？"

"这是我第四次也是最后一次给出同样的答复了。我们需要隐私。无论你用多少种不同的措辞问相同的问题，我都不会回答你的。"

观众鼓起掌来。她终于把话题转移到了另外一系列的问

漫长的告别
THE LONG GOODBYE

题上。

节目结束后，当我急匆匆地走向出口时，她开口说道："我希望你能理解，我只不过是在尽一名记者的责任。"

我想我没有搭理她。

巡回售书的另一个难处虽然有些悲哀，但从某种程度上来说也是甜蜜的。一次又一次，在谈及父亲和我为他写的书时，我都会沉浸在记忆的荣光中，想起他忠实的信仰和讲过的故事中饱含的精神食粮。"漫长的告别"这句话时常在我的脑海中低语，如同一缕清风穿过敞开房门的屋子。我想流却没空流的眼泪在心里积成了一汪池水——耐心等待我靠近、深不见底的池水。回到纽约，我一心只想睡觉和哭泣。

在某种程度上，这趟巡回售书让我能够直面自己迄今为止的生活，直面自己过去的选择，直面我与父母经年的斗争。采访前，我会在演员休息室给母亲打电话，或是在酒店房间和机场里拨通她的号码。她现在已经成为我生活的一部分。但我还是能够看到，那些年的放逐如同荒原般在我的身后铺展开。

名望是一种奇怪的东西，即便你是伴随它长大的，也还是会被它惊得目瞪口呆。你以为自己已经对它了若指掌，能

1995年7月
"漫长的告别"

够按顺序安排好轻重缓急，思维清晰地做出选择，但大多数人都会犯错。我觉得聚光灯第一次照在你身上的那一刻才是最重要的。没有哪个错误能比那一刻犯下的错误更加严重。它是个黄金时刻，并且永远不会重来。其他的时刻还会到来——我不相信我们只有一次机会能把事情做好——但永远不会再那般纯粹、毫无负担。

父亲当选总统那年，我28岁。尽管对人们强烈的关注并不陌生，但我们还是陷入了媒体的旋涡中。显然，这一切都是因为我的父亲，我们其余的人也处在了聚光灯下。我犯下的第一个错误就是以为自己能够应付一切。要是我能多一些犹豫，少一些笃定，就能多提几个问题，思考更多的选项。结果，陪伴我前行的却是对自身政治信仰极度的热诚。我曾在大型反核集会上发言，接受采访，把自己塑造成了父亲的政策最引人注目的反对者之一。要是我能多一些外交手段，少一些尖锐的言辞，其实本可以成为父亲与自由主义观点之间的桥梁。相反，即便是在那些与我持相同政治信仰的人眼中，我也不过是个愤怒的女儿。

宣泄完最初的愤怒，我又开始表达更加私密的情感，把在全世界面前展示我家庭的创伤视为己任。我的怒火招致其

漫长的告别
THE LONG GOODBYE

他人的愤怒。说我收到过恐吓信，那是轻描淡写。

这些问题大多是在巡回售书的过程中显露出来的，我其实很难摆脱自己的过去。每个人都在成长、转变和学习，但在公众的瞩目下经历这一过程会更加艰辛。大多数人都是宽容的，但我能从他们的眼神中看出，记忆是长久的。这就是在公众的目光中成长的难处：你永远处在别人对你的记忆之中。

在我的想象中，我会和父亲谈论此事，告诉他我多希望自己当初能以不同的方式去应对发生过的一切。也许对于我们每个人来说，针锋相对的观点可以是一种启示，而不是一场战争。在我的想象中，他的眼中闪烁着光芒，微笑地说着"我很高兴我们现在可以讨论这个问题了"之类的话。然而这段对话只能发生在我的想象之中。在现实生活中，他身上可以参与对话的那一部分已经远去了。

碰上阿尔茨海默病之类的疾病，荒凉的感觉也会属于患者的朋友和爱人——那些见证了过程还要被丢下暗自神伤的人。你会眼睁睁看着一个人退到某个陌生的地方，心知自己无法跟上。失去他，你将一个人在荒野中徘徊，耳边回响着

1995年7月
"漫长的告别"

山坡上传来的回音。那只是回音——声音传来的地方越来越安静——于是你会更加仔细地聆听。

如今,母亲的很多话都是以"我记得……"开头的。

你之所以会为自己的记忆注入生机,是因为就在那里、就在你的眼前,坐在他过去经常坐着的椅子上,或是走在楼道里,抑或凝视窗外时,你都会想起往事。记忆被抹除后,剩下的就是一片空白,因此,每当想起某些画面或是只言片语,你都会欣然接受,紧紧抓着它们,拂去上面的灰尘,期待它们能永远鲜活。

现在,我时常想起父亲讲过的故事,希望能再听到他讲故事的声音,看到那双可以激活孩子的想象力、闪烁着喜悦光芒的蓝色眼睛。但我只能依靠回声来滋养自己。我想要他再告诉我一次,鹰与秃鹫的区别。它们的飞行轨迹、翅膀存在细微的差异。其中一种在朝猎物俯冲前会多盘旋一会儿。我过去常把它们弄混。要是我们在牧场上发现了二者中的任何一种,他就会耐心地为我一遍遍解释说明。我还是会把它们弄混,但我已经不能再问他了,因为他也记不得了。我想和他骑上马,朝着翠绿的山坡飞驰,可他已经永远无法再骑马了。

漫长的告别
THE LONG GOODBYE

一次，在前往牧场的途中，车子正沿着穆赫兰道行驶。他停下车，对山坡上的一个男人说，他正在采摘的蓝羽扇豆是受保护植物。父亲解释得彬彬有礼，于是那个男人从山上爬了下来，手中却仍攥着非法采来的花朵。父亲相信，只要有可能，鲜花和野生动物都应该留在它们的应属之地。我五岁那年便能认出响尾蛇，知道要绕一个大圈才能躲开它们。我还知道，除非万不得已，否则绝对不能杀害一个生命。

我从未如此深切地渴望过童年——哪怕只是尝上一口，都如舌头上的威化饼，成为我与已然失之交臂的过去甜蜜的交流。成年人会带着可悲的智慧回首往事，想起儿时的我们是何等幸福，根本不知道人生在迈着坚定的步伐前进，也不知道岁月在倒数计时，仿佛时间不可能在我们的肉体上刻下痕迹。蓦然回首，我们才希望自己能够更好地把握某些时刻，久久凝视某个人的面庞或是壮观的夕阳，更仔细地聆听某个终有一日会归于沉寂的声音。我们还希望自己走得再慢一些，徘徊得再久一点儿，踏上不同的道路。我们将大大小小的往事储存在记忆中，期盼它们不会破碎或褪色，因为它们是我们活过这一世的见证。

与所爱之人道别，那句再见，不仅是道给即将离开的人，

1995年7月
-
"漫长的告别"

也是道给他在人生旅途中积攒下来的点点滴滴。我的父亲正迈着坚定的小步远离曾经的自己。我不知道还能从他身上学到什么东西——有关土地、马儿、鸟儿的飞行轨迹，还有只能在某些区域茁壮成长的植物。在牧场的橡树林里，他曾找到过一种打湿后会像肥皂一样起泡的植物。

他相信，要让孩子们为生活中的灾难做好准备，否则这些波折和突变有可能带来毁灭性的结果。他会为我们设定几个情景，问我们打算怎么应对，然后温和地纠正我们。这样一来，就算灾难降临，知识也能成为我们的盟友。

有一次他问我："如果你的卧室起火，房门却被堵住了，你会怎么做？"

看过无数电影的我回答："我会冲破房门。"

"那你就没命了。"父亲冷静地回答，"你刚走到距离火苗不到两英尺[1]的地方，就会被热气灼伤肺部。"

"那我就打破玻璃，跑到院子里去。"

"好的。"他点了点头，"你怎么打破玻璃？"

"用一把椅子。"

1　1英尺=0.304 8米。——编者注

漫长的告别
THE LONG GOODBYE

我总是能够清楚地分辨出，课程最重要的一部分何时到来。父亲会俯下身，用缓慢而谨慎的语气对我说话，迫不及待地希望自己的话能在我的心里生根发芽。"你可以拿出一只抽屉，把它从窗户里推出去。"他告诉我，"这样就能形成一个整齐的缺口，不会在你爬出窗户时将你割伤。"

他让我为火灾、空袭警报和地震都做好了准备，却没有让我准备好失去他，没有给我工具去应对满腔悔意的冲击。我后悔自己厌恶他的那段时光，后悔曾甩掉他伸出的手，选择了如矛刺般尖锐的言语。那些都是深埋在我心里的记忆。如果还有什么补救的办法，那么我还没有找到。

失去父亲或母亲的故事中通常都包含着发现的过程。打开一只抽屉、一本书、一盒信，你便能知晓从前并不了解他们的地方。他或她在喜欢的书本空白处潦草地写下想法，或是你无意中发现某封信。有些时候，我们是在父母去世后才了解他们的。我的母亲一直在收拾抽屉——我想，她应该是有意这么做的，因为她知道我们的生活有一部分是公开的，要面对全世界窥探的目光。她想要知道别人会发现什么。在父亲的其中一只抽屉里，她找到了给我的一封信。那是一份草稿，尚未寄出，是在我的自传出版前写下的。信中，他表

1995 年 7 月
"漫长的告别"

示自己被我的怒火伤透了心,也表达了家庭和解的愿望,还有他对更多美好时光的记忆。信的开头,他写道"随着我年近八十一岁……"然后又划掉了自己的年龄,在上面写了一行"如今我已经八十一岁了……"

我想象,在日子缓慢流逝的过程中,他也许曾无数次拿出这封信,感觉自己的生命已所剩无几。我永远都无法知道他多久便会把它拿出来添上几笔,再重读一遍,也不知道他为何永远不曾将它寄出。在信的末尾,他写道:"求你了,帕蒂,别带走我们对那个真心疼爱、心心念念的女儿的回忆。"

如今,这封信已经被放进了我的抽屉,陷入了无边的沉寂。我多希望自己能和他聊一聊它,然而他对它的记忆可能已经消失在了地球的边缘。

人们离世时都会带走自己隐藏的秘密——烛光闪烁的欢乐记忆、支离破碎的悲伤记忆。他们离开了,记忆也将随之而去。我们剩下的人则会被丢在黑暗中,怀抱着再也没机会提出的问题,和想说却说不出口的话语。因为我们来得太迟了。

讲述这场"漫长告别"的任务已经落在了我的身上。尽

漫长的告别
THE LONG GOODBYE

管这些日子并不沉重,却还是需要被记录下来,因为它们珍贵万分。我们跨越苦痛去寻找救助,双手如同伸向圣杯,充满渴望。我们碰不到它,却知道它的存在。我还精进了忍住眼泪这门艺术,像只骄傲的野兽,将泪水储存起来,然后退回我的洞穴,好给它们应有的地位,尊重其与生俱来的权利。这段漫长的旅程就是曾经似乎缝合在一起的确定性——我们在另一个人身上了解到的一点一滴——逐渐分崩离析的过程。你会习惯这样的疾病带来的惊喜,习惯那些令人困惑的短语,习惯突如其来的转折。你不指望什么,但已经可以在熟悉的环境中更加自如地呼吸。这将永远是一场等待的游戏。

即便没有疾病带来的并发症,对于年逾八十的人来说,人生的隧道也越来越窄。多年前,父亲在给我写信时就已经有了这种感觉。有些时候,我很想知道事情会在何时发生,我何时才会得到消息。半夜吗?黎明吗?无论是什么时候,我都十分清楚,父亲的离去将是一段平静的旅程。

昨天,我在针灸师的床上睡着了,身上各处经络上插着活血化瘀的针,坠入了漆黑一片的深度睡眠中,身陷紧张得令人心惊肉跳的鲜活梦境。我看见父亲从身体里迈了出去,离开八十四岁的自己,成了一个更加年轻、更有活力的男子,

1995年7月
"漫长的告别"

脸上还带着灿烂的微笑。他生龙活虎、热情洋溢地张开双臂，走向我的母亲，安慰她一切都会好的。

尽管一切终将有所不同，但都会归于平静。摆脱了悲伤、恐惧与无情的苦痛，生活将进入某种模式。就眼下的情况而言，生活就是等待。这就像是在闪电后数秒，等待你知道必将到来的雷鸣，试图预测风暴还有多远。

1995 年 7 月末

伟大的爱情

爱情既需要忠诚，又需要一颗勇敢的心。
它既可以是一种祝福，又可以是一种诅咒。

漫长的告别
THE LONG GOODBYE

在父亲教我如何冲浪时，在他为我解释大海的雄伟、必须对它永怀敬畏之心时，他告诉我，如果一股海浪眼看就要朝我打来，我可以潜入水中，在更加平静的水下等待汹涌的波涛过去。

如今，我发现自己会潜入灵魂深处那片更平静的水域。那里有些地方是静止无声的，如水一样柔软，感觉很像是在铺满沙子的海底徘徊，心知头顶上是惊涛骇浪，身边却只有海水轻摇，丝毫没有翻滚的浪潮。

我潜入这样一片宁静中，有时是一瞬间，有时则是一整天。我安静了许多，也越来越孤僻，甚至会远离那些我希望能够了解我的朋友。我要潜入灵魂深处贮藏着的力量源泉。因为我需要它们，现在就要。

母亲正在学习一步一个脚印地过日子。这是每一个目睹

1995年7月末
――
伟大的爱情

疾病将自己所爱之人吞噬的人都要学习的舞蹈艺术。这种舞蹈看似杂乱无章、无法预测,其混乱正是来源于它的不确定性。日子时好时坏,也有徘徊在某种中间状态的时候,而你能做的只有等待。这是一片波涛汹涌的大海。你必须留在海面上,留心海浪。身处这个国家的另一边,我却感觉自己正在同一片大海中被弄得翻来覆去。

母亲告诉我,几个星期前,她曾在深夜中走进花园,抬头凝视着满月。三千英里外,我在步行回家的路上也看到了高悬在楼宇之间的同一轮月亮。身处纽约,你必须记得要去抬头仰望,因为城市会让你的目光变得平坦,察觉不到满月。我想象她站在花园里,头顶一望无际、毫无遮拦的天空,身后是一座沉睡的房子。我想象她在月光的灵药下小酌,学习去独处。她能够做到这一点实属不易,独自仰望着月亮,身旁除了夜晚的空气一无所有。母亲在有人陪伴时是最自在的。她花了许多时间在打电话上,还曾开玩笑说,自己应该拿着电话下葬。我永远无法想象她一个人出门散步。

我的父亲对独处并不抗拒。事实上,他似乎是为了独处而生的。这种寡言少语反倒会让别人主动向他伸出手。他会用友好、合群的坦率态度予以回应,不过那份矜持仍旧存在,

漫长的告别

THE LONG GOODBYE

人们看得到也感觉得到，对此还颇为着迷。我和弟弟也一样寡言少语，眼神中透露着同样的矜持。但我不确定这份矜持是否像父亲那样引人注目。

我还记得父亲会坐在书桌旁写作，或是凝视窗外，在脑海中遣词造句。这样的画面拥有某种自成一体的宁静氛围。他时常会去牧场里沿着小径独自骑马，曾说自己就是这样使头脑清醒、做出决定的，包括参选总统的决定。

只有在最孤独的时候，我们才能找到勇气。独自伴随自己的心跳，我们决心活下去，抓住机遇，再往前走一步。内心最深处的自我明白这一点，坚持要让自己的声音能被听到。它招呼我们走进夜色，来到夜空中银币般的月亮下。它坚持要我们去感受黑暗的空虚，感受风儿的耳语。在这样的时刻，我们是最纯真、最赤裸的。和我们想要努力避开这种时刻一样，它们也会努力找到我们。孤零零地站在辽阔的天空下，沐浴着令人昏昏欲睡的月光，柔弱的母亲正在逐渐了解自己。这就是她学习生存的方式。

几个星期前，她到访纽约那晚下了一场猛烈的暴风雨。实际上，那是一连串的暴风雨席卷了曼哈顿。我被风雨声惊醒，打开窗帘，惊奇地注视着天幕中上演的宏伟剧目。我觉

1995年7月末
伟大的爱情

得母亲的飞机已经降落了,希望她没有被困在肯尼迪机场通往市区的车里。

结果她也正站在酒店房间的窗户前,注视着暴风雨。我开始思考,在停下来观看大自然的表演时,我们是在做什么呢?在大自然的面前,我们会任由自己畏缩——其实是别无选择。它不羁的强大力量既宏伟又壮丽,令人无法企及。在我们似乎越变越弱小时,我们的悲哀、麻烦也会变得越发微不足道,至少在那短暂的一瞬是这样的。

当母亲描述她是如何拉开窗帘,独自坐在黑暗中看着电闪雷鸣的雨景时,我知道她宁愿和父亲一起观赏。每次来纽约,在酒店套房中独处的时光都能触动她的心弦,描绘着未来的前景。

"我环顾四周,心想,未来就是这个样子吧。"她说。

那天晚上,在上帝与自然联手上演这场精彩绝伦的演出时,她肯定无比地想念父亲。

城市的另一边,我也感受到了独处的刺痛,那种与我心爱之人分享这种体验的渴望。除了共同目睹了这场暴风雨,我与母亲也拥有相同的孤独,只不过我们化解孤独的方式截然不同。

漫长的告别
-
THE LONG GOODBYE

最近我曾告诉过她:"你能认识此生的挚爱真的非常幸运。此生大半的时光,你们都深爱着对方。除非我明天就恋爱且能长寿,不然永远无法了解你所知道的事情。"

"我是很幸运。"她的回答有点感伤,"我听说过不少故事,讲述的都是别人的婚姻和剑拔弩张的恋爱关系,所以我知道自己有多幸福。"

我们年轻时并不曾想过父母有多相爱。初恋时我十七岁。他比我年长许多,已婚,因此我直到几年后分手时才把事情告诉父母。我觉得他们不会理解。如今,母亲会把父亲写给她的情书拿给我看。情书的边缘都已泛黄,纸张仿佛一碰就碎。这些信有的是在我出生之前写的,有的是在我出生之后写的。那时他还是通用电气的员工,按照合同规定做着自己的本职工作——销售通用电气的商品。现在我知道自己的父母有多理解爱情了,又是多么甘愿将自己奉献给爱情,任由浓浓的爱意将彼此包围。把我的感情拿来与他们做比较,这样做也许不太公平。我感觉我从未那样彻底放任地爱过,心中总是有所保留。

伟大的爱情——在你身处其中或亲眼看见时——既简单又复杂。它的存在没的商量,而且繁复得令人晕头转向。爱

1995年7月末
—
伟大的爱情

情既需要忠诚，又需要一颗勇敢的心。它既可以是一种祝福，也可以是一种诅咒。如今，我有时会在父亲的眼中看到对离开这个世界的渴望，一种摆脱疾病尾随的渴求。然而是他对母亲的爱把他留在了这里。这个女人早已将自己的生命与她所爱男人的人生紧紧拴在一起，密不可分，却要面对没有他的未来。对她而言，这就如同在黑夜被降落伞丢到了一片陌生的领域里。我有点想要告诉她，你可以挺过去的，但我知道她的心再也回不到从前了。

我不知道自己最终是否要教母亲学会独处，教她忍受在月圆之夜、在猛烈的暴风雨来袭时身边无人相伴。我不知道这能不能学会。也许我们所能教的就只有原始的生存状态。

最近，她的一位朋友失去了丈夫。这个女人告诉我的母亲，最糟糕的时光就是等待的那段时间，是目睹病情发展时那种令人不知所措的状态，是迈上悲伤的小径后最初的那几英里。今晚母亲告诉我，她的身体是如何反映她的情绪的。它会颤抖，让她感觉脑袋一阵阵眩晕，头重脚轻。挂上电话，我走进厨房，突然也感觉头重脚轻。我有几个与我心有灵犀的闺密，就连彼此的经期都几乎一致。我心想，也许就是这么回事，于是举起一只手，想要看看它是否稳定。不知道这

漫长的告别
THE LONG GOODBYE

样的情况还会持续多久。母亲上一次来纽约时曾被胃痛困扰。几乎同时,我一吃东西也会感觉恶心。昨晚,我们聊起了没有父亲的生活对她而言有多可怕。我问了她几个一直困扰我的问题。

"你是不是有点儿想要随他一起去了?"

"没有。"她的回答快得让我感觉有点儿突然,"我从来没有这样想过。"

"如果你会这么想,也没关系。"我安慰她,"这很自然。只不过是一种念头,没有什么不对的地方。我就是觉得我们应该讨论一下,要是……"

"没有。"她又说,"我连想都没有想过。"

"好吧。要是你有了这种想法,会告诉我的,对吧?"

"会的。"她说。

但我还是不敢肯定。即便是分隔两地,我的父母也从不会各过各的。在我小的时候,父亲短途出差时一定会每晚打来冗长的电话。入主白宫的那些年,我父母的亲密关系时常成为新闻报道的主题。这样的关系指引着他们的生活,也将以某种方式决定他们的未来。

1995年7月末
伟大的爱情

过去的一个星期，在无情的热浪肆虐这座城市之际，我发现自己正爬向内心深处的那座洞穴。这种感觉令人阴郁，仿佛我正要冬眠，为下一个季节做好准备，以野蛮、原始的方式将积攒的食物存在洞穴中，需要的时候就能有备无患。

纽约是座包容的城市，街上的行人总是沉浸在自己的思绪之中。我总爱偷偷看上两眼，仔细观察身边的那些人。今天早上，与我擦肩而过的一个建筑工人问我："你的父亲怎么样了？"

"他很好。"我回答，"谢谢。"这句话如今已经成了我的标准答复。

我有种感觉：这个陌生人也在等待不可避免的悲惨结局。死亡从我们身边经过时是在提醒我们，某些事情是没有商量的余地的，也是不受我们的意志支配的。结局已经被深深蚀刻在墓碑上、泥土中。作为朝圣者，我们终将到达死亡所在的地方。

正如今天早上这样，我有时会敏锐地意识到这个世界的亲密。社会生活与私人生活的缝隙中存在着一种奇怪的混合体，能让你的心跳与这个世界的共同心跳同步。正在注视与祈祷的不仅仅是我的家庭，还有许多其他人。有时候，我还

漫长的告别
–
THE LONG GOODBYE

能听到他们在我的耳边呼吸，踮着脚从门口经过，告诉我，他们也在陪我们一起等待。

1995 年 8 月,洛杉矶

父爱如山

他的后背曾经既宽阔又结实。
孩提时的我会跳上去,
仿佛那是一座我可以攀爬的大山。

漫长的告别
THE LONG GOODBYE

我越来越觉得，自己似乎拥有两个家。纽约是我选择的家，洛杉矶则是我重新找到的家。我意识到，每一次返回洛杉矶，我的身上都会发生些许变化，仿佛过去的自己和现在的自己融合在了一起，彼此缠绕，形成了新的道路——更加宽阔的道路。

在父母家时，我会多翻翻照片和剪贴簿，用一个成熟女性的目光回顾往昔。

我的父亲曾经如此年轻。照片中，我们在租来的海滨别墅里过暑假。所有人的皮肤都被晒成了古铜色。父亲看上去像个运动员，有着游泳健将的宽阔双肩和瘦削的躯干。在另外几张更早的照片中，身着短裤和无袖衬衫的母亲陪我坐在草地上。我是个胖乎乎的幼童，一双好奇的眼睛睁得大大的。母亲没有化妆，脸上被太阳晒出了雀斑，两条腿既结实又平

1995年8月，洛杉矶
父爱如山

滑。她看上去如同少女般无忧无虑、兴高采烈。在那张照片中，我们永远年轻，永远身处夏天，前方永远铺展着无穷无尽的时间。

似乎是为了贯彻这一主题，我与母亲为《新闻周刊》拍摄了一组照片。经过协商，照片的重点将关注家庭和解方面，而不仅仅是父亲的疾病。我们坐在草坪上微笑、拥抱，与小狗玩耍，为我们的生活照增添了一个篇章。

看着父母变老是一件既悲哀又甜蜜的事情。我们会发现，阅历的丰富、人心的软化、心胸的拓宽，理解父母与我们终有一死的真相，都会令人既恐惧又敬畏。我们很难将精神与肉体分隔开。在某种程度上，我们停止了尝试，因为二者已经合而为一。

我跟在父亲的身后，走在从泳池通往房子的砖石小径上，注视着他弯曲的后背和抓住锻铁栏杆时撑住身子的样子，感觉自己的一颗心已经被打得淤青，瞬间屈服了。他年轻时的形象历历在目，眼下却已衰老至此。那个曾经能把我举过头顶的男人瘦弱了不少。我伸出手去触碰他，想让他知道我在那里。即便天气十分暖和，他的身上还是穿着毛衣。缓缓沿着小径行走的过程中，我能感觉到午后的阳光正爬上我的后

漫长的告别
THE LONG GOODBYE

背和双肩，而被我轻轻按在父亲后背上的那只手下面也能感觉到阳光的温暖。但我知道，他可能已经感觉不到了。现在他很容易感冒。在牧场刺骨的冬日里，他曾经经常只穿着衬衣骑马，对严寒和从高山顶上刮来的风无动于衷。

那天下午，跟在父亲的身后，我意识到了时间是如何改变我们的。他的后背曾经既宽阔又结实。孩提时的我会跳上去，仿佛那是一座我可以攀爬的大山。他的双臂此生都在将我抱上吉普车、抱上马背，如今却在我们散步时时常靠在我的手上，既是为了安慰，又是为了支撑。

父亲曾经是个爱讲故事的人。从寓言到对往昔的回忆，讲故事一直都是他的长项，现在却不得不由母亲接手。她为我们讲起了牧场上养过的山羊。迈克尔和莫琳还记得那些山羊，但在我出生时，它们已经死了。两只母山羊各生了四只羊羔，据说这还是一项纪录。据某本年鉴或是某个了解农场动物的人说，山羊通常一次只能产下一两只幼崽。由于这项产崽纪录，我的父母还曾受邀带着那几只令人印象深刻的山羊参加过一个访谈节目。

"你和爸爸带着山羊上过访谈节目？"我问道，想象着父

1995年8月，洛杉矶
父爱如山

母在一档电视节目上试图控制一群山羊。

"没错——八只羊羔和两只母羊。"母亲回答，"他们很高兴我们能来，也很高兴看到我们离开。摄影棚里到处都是羊屎。"

不过，诙谐的故事与回忆之间也会穿插一些比较严肃的话题：当那一天到来，我们该如何筹划葬礼，如何应对席卷而来的媒体。这个过程将不可避免地出现一些混乱的局面，还有运输的问题。我们将极需依赖父母的熟人，那些可以被信任、不必多问的人。在此过程中，明白如何承受悲伤将是我们共同学习的课程。

第二天晚上，在离开父母家、返回我的第二个家——海滨酒店时，我与每一个人拥抱告别，道了一句"我爱你"。驾车离开的路上，我想到自己如今每一次探亲、每一通电话挂断时都是以这三个字为结尾的。我小时候，父亲每每与母亲分别，即便只是短暂的一段时间，两人都要拥抱着互道"我爱你"。父亲解释称，人生是不可预知的，你永远不知道未来会发生什么，或是自己的最后一刻会在何时降临。面临人生的最后一刻，他希望自己的临终遗言将是"我爱你"三个字。

对于过去的我而言，这句话似乎不是什么黑暗、阴沉的

漫长的告别
THE LONG GOODBYE

想法。现在也一样。它很实际，关注的是生命的高深莫测与你所爱之人的情感。它是甘愿跟随内心的指引，在身后留下自己的一小部分。

母亲告诉我，她又拾起我那本《天使不死》的书开始重读了，还暗示我也应该这样去做。"书里有被你遗忘的东西。"她说，"有你需要去重读的宝贵内容。"这恰恰也是我赋予这本书的期望——人们可以偶尔翻开它，在书页中重温信仰的教训。这也让我猛然想到，母亲可能已经看出了我的心思。最近，我一直想要重读此书，为自己的信仰加油鼓劲，并提醒自己，上帝之手一直在指引我前进。

另一天从父母家离开时，我想到近来与母亲相处，从她身上学到不少东西。现在的我更会察言观色，更谨慎，对她是什么样的人也更包容了。我学会了自尊，用无声的力量去判断、衡量选项，先思考再行动。如今的母亲已经不会当机立断给出答复了，而是会先充分地考虑清楚。但更重要的是，她让我感觉到，从在事业上取得成功到觅得合心的公寓，一切皆有可能。鉴于我的租约还有几个月就要到期了，眼下现实中最让我烦心的事就是找房了。我的确需要重读自己的书，但也需要在脑海中重申母亲曾经说过的话：凡事皆会水

1995年8月，洛杉矶
父爱如山

到渠成。

在洛杉矶，我参加了《汤姆·斯奈德的深夜秀》节目，第二天带着录像带去了父母家。和父亲一起观看录像带的过程深深触动了我，让我不得不强忍眼泪。他看得如此心无旁骛、安静无声，聆听着我在节目中转述他曾告诉我的那些心路历程。我迫不及待地想要探究他的思绪——他的脑海中似乎正翻涌着无数想法——却又不想让他觉得我是在审问他。我不清楚自己为何眼含热泪，只知道泪水就这么涌了出来。如今的我对许多事情都听之任之。

我心中的某一部分还是个小女孩，在做对了事情时想要得到父亲赞许的微笑——不管是冲浪，还是骑在马背上完成精心编排的完美盛装舞步。我过去喜欢画画，常常画人的手，偶尔还会画脸。他看着我给他的画，抬起头时露出的眼神，能支撑我度过一天中剩余的时光，或是更久。那一刻，我感觉自己无所不能，要是有机会，我连西斯廷教堂里的壁画都能画出来。数十年过去了，在度过大半人生、犯过各种错误后，我陪伴父亲坐在父母家的卧室里，看着电视中的自己，想象在他无声的沉寂与专注的眼睛里，正是我孩提时渴

漫长的告别
THE LONG GOODBYE

望的那种眼神。我告诉自己,他心里正在想,她终于走上了正轨——成熟了,不再那么愤怒。我的满腔怒火和毫无来由的暴力行径总是令他感到不解。作为一个心满意足的男人,他不明白自己为什么没有把这一点遗传给我。我觉得他当时一定在想:我终究还是让她想通了。

那次去探望他们时,我突然想到另外一个故事。有段时间,父亲接不到什么演出工作,夫妻两人捉襟见肘。一天结束时,他常会把兜里的零钱掏出来,放进盒子里留给我——他们刚刚出生的小宝宝。他计划未来的许多年都要这样做,直到自己能够存一大笔钱。然而那个盒子却被偶尔来家里做卫生的清洁女工偷走了。虽然里面的钱不算多,却是留给我——他的宝贝女儿的。金钱的损失令他难过,但更令他生气的是,清洁女工竟然会从他们的家里偷东西。

1995 年 8 月

失落、恐惧、成熟

我们能给濒死之人最大的安慰就是让他知道，我们的一部分也会随他死去，伴他离开。

漫长的告别
THE LONG GOODBYE

回到纽约后,我感觉自己被生活中累积的种种事情压得喘不过气——父亲的事、这场似乎整个国家都参与了的等待游戏(各大媒体已经开始为他拟定讣告)以及寻找一间新的公寓。

"真不敢相信,我又得搬家了。"我告诉母亲,"这将是我两年内第五次搬家了。"然而话刚一出口,我便意识到这是母亲第一次参与我搬家的过程,至少是提供情感上的支持。她会为其中的乏味表示同情,也会为我希望搬到一个更好的地方满怀兴奋。两年前,我横跨美国大陆东西,从加利福尼亚州搬到康涅狄格州。在康涅狄格州,我住过两座房子,试图融入这个我显然缺乏归属感的地方。我一心想要搬去曼哈顿,便租了一套只有一年租约的公寓,而这一年之期眼看就要到了。"事情会解决的。"母亲告诉我,"你会找到更好的。何况

1995 年 8 月
失落、恐惧、成熟

你本来就不喜欢这套公寓。"此话不假。

她说，她拿到了我们为《新闻周刊》拍摄的照片，发现自己的笑容不一样了，变得更加矜持了。"我的眼神里透露着一种悲哀。"她说。

"我们都变了。"我回答，"看上去都不太一样了。"不过我没有告诉她的是，我已经想不起自己从前的眼神看起来是什么样子了。我知道它们曾经肯定更加有神，充满活力与机警，丝毫不会内敛。但我已经找不回那样的画面了。一个采访者曾经告诉我，美国在肯尼迪总统遇刺时就已经失去了它的纯真。也许我们在失去父母的过程中也失去了一些纯真，心中的一部分——再也不能做个孩子的那一部分随着他们离开了。在与爱人和伴侣道别的过程中，我们还会失去别的东西，不知道自己能否再爱一次，能否带着曾经的希望去憧憬。我们的眼神透露了一切——失落、恐惧与成熟。

今天，坐在沿着西区高速公路行驶的出租车上，我突然开始想象一个没有罗纳德·里根的世界。这个世界与政治无关——他一直都是这个国家、这个世界强有力的心跳。我感觉到他趋于平静的心跳，感觉到他离世后留下的沉寂。我把手伸向太阳镜，去遮挡流下的泪水。

漫长的告别
THE LONG GOODBYE

心灵导师吉杜·克里希那穆提曾经说过，我们能给濒死之人最大的安慰就是让他知道，我们的一部分也会随他死去，伴他离开。这样他就会相信，自己不会孤独。

我知道，我的身上肯定会有一部分随着父亲死去，与他同行，在跨越被人称为死亡的河流时陪伴在他左右。那个曾在大海里站在他的身边、发现腿间有鱼游过时牵着他的手尖叫的孩子，她会再次抓紧他的手，面向海浪，朝着深水迈进，相信只要有他在身旁，她就不会溺水。在绿意盈盈的永恒记忆中，女孩还会跟着他骑在马背上，疾驰上枝繁叶茂的山丘小径。她将再次驰骋在他身后，迈上他选择的任何一条路径。那个曾因愤怒而无视父亲眼中悲伤的少女也会软下心来，挽住他的手臂。如今，长大成人后的这个女人正试图将一生的记忆都塞进一个拥抱、一次眼神的交汇和"我爱你"的字眼中。她内心的一部分愿意跟随他走进今生以外的广漠之中，相信死亡会伴随着重生。

20 世纪 60 年代早期的一场加利福尼亚州森林大火过后，我们的牧场几乎荡然无存。几个月后，父亲骑着马，带我去看了从泥土中钻出来的绿色嫩芽与新枝。他是个智者，明白人生的课程就蕴藏在我们脚下的土地里。那一幕我至今都无

1995 年 8 月

失落、恐惧、成熟

法忘怀,想象自己身上的某个部分也重新长出了初生的嫩芽,代替了父亲准备离世时我情愿随他而去的那一部分。

身处 8 月的纽约,我唯一能做的就是逃离城市。热浪令人窒息,空气似乎都已凝结,树和人也都萎靡不振。

"这种天气能让全家人都变成魔鬼。"我对慷慨邀我前往火岛度假屋过周末的朋友说。

我们正坐在他的汽车里,将空调开到最大,从城市逃往渡口。轮渡将从那里把我们带往松林。那里没有汽车,只有海滩上漫长而慵懒的时光。迟些吃晚餐,早上再赖个床。等我从火岛回去,就能搬进终于能够望见天空的新公寓了。公寓位于十二层,客厅拥有两层楼高的窗户,不仅能够眺望林肯中心,还能瞥见哈得孙河。和我住了一年的那个昏暗洞穴不同,这里既敞亮又明快。

自从第一次前往火岛,我就把它当成放松的好地方。那里拥有某种我能理解的热闹氛围,人人都亲切友好。不过,这样的表面下也存在着共同的悲哀。它不需要解释,不需要道歉,它就在那里。每个来到火岛的人都以这样或那样的方

漫长的告别
THE LONG GOODBYE

式受到过艾滋病的影响[1]，因而心头总是残留着一丝悲哀。忍受悲哀是一门学问。它无法变得简单，却可以越来越得心应手。你必须学会忍耐，或是绕道而行，甚至是苦中作乐。这些都是生存的技巧。

一天晚上，两个男人谈起了二人共同的朋友。他如今已经到了艾滋病晚期，还患有精神错乱。

"你听说他干了什么吗？"其中一人说，"他买了好几辆凯迪拉克汽车，还到处宣扬自己要开上它们去古巴，把它们全都送给卡斯特罗当礼物。"

在一片笑声中，另一个人说："为世界和平贡献自己的一份力量，对吗？"

笑声可以抚平失去所爱之人的伤痛。我和母亲已经发现了这一点。在过去的十年中，这座小岛上的暑期游客名单发生了翻天覆地的变化。周末，海滩上会撑起成百上千把粉色阳伞，以示对艾滋病的关注。宣传艾滋病慈善活动的折页广告会被投送到每家每户，上面罗列的名字如今都已成为回忆，令人错愕。我住的那户朋友就认识名单中的八十五个人。

---

1 火岛的松林地区（Pines）是同性恋者喜欢的区域。——译者注

1995年8月
—
失落、恐惧、成熟

在驶向小岛的轮渡上,我注意到有个男人的脖子上长着明显的紫色斑点,另外几个人则瘦得让人心疼,于是想起了某个同性恋男性友人几年前对我说过的话:"我现在是用阳性和阴性来区分我的朋友的。"

星期天一早,我沿着沙滩散步,偶然遇到前两次上岛时认识的一个男人。他肤色黝黑,浑身肌肉健硕,可我却在他的眼中看到一抹阴影,如同乌云遮蔽了太阳。"他确诊阳性已经快八年了。"我的朋友告诉我,"现在好多了,但去年夏天病得不轻。"

死亡永远近在咫尺。它就潜伏在血液中,会带走你的朋友;它就徘徊在岸边,丝毫没有很快就要漂走的迹象。这个地方让我感觉更加自在,因为我的眼中也蒙着阴影。伴随父亲的远去,我的身体里也有一部分已经死了。我知道它还会回来,会重生,会变得更加强大,但它眼下只不过是另一种死亡。在城市里,我时常感觉不得其所,为自己身上挥之不去的悲哀丧气感到难为情。我知道,在它消散之前,这抹阴影只会变得越发灰暗。而在火岛上,我不必为它道歉,甚至无须解释,头脑也仿佛变得更轻盈、更清晰了。

《西藏生死书》中提到,由于我们的意识是建立在"风"

漫长的告别
THE LONG GOODBYE

之上的，因此需要一个缝隙才能离开身体。如果我们死时意识能够通过头顶离开，就能在一片净土中重生，并在那里继续开悟。我走在沙滩上思考着这件事情，身边是步步逼近的热浪。午后的微风还徘徊在大海上的某个地方。我想在思绪和心灵之中留出一些空间给风、给希望，让我们所有人都能瞥见一段更轻松的时刻。

星期日的一场午后派对上，我正和某人聊天。天空中飘来一层薄云，让太阳变成了奶白色，些许缓解了炎热的天气。他环顾四周，看了看这场几乎都是男性的聚会，开口说道："你懂的，大家现在总是在想，谁会是下一个，谁在明年夏天到来前会离开。这种念头非常可怕，却不可避免。我已经失去许多朋友了。"

这种计算时间的方式令人忧郁。我的家人也是这么做的，不过他说得对，这是不可避免的。"也许我们不得不试着和死亡做朋友。"我提议，"也许这是种挑战，总比受尽煎熬要好。"说这话时，我注意到一个男人喘着粗气走上了甲板，身体十分虚弱。有人给他让了个座。

"可谁也无法让我们为此做好准备。"与我聊天的那个男

1995年8月
-
失落、恐惧、成熟

人回答,"我们还年轻,却在眼睁睁地看着自己的朋友死去。我们的父母、他们的父母还有时间为死亡做准备。对大部分人来说,衰老才是带来疾病、让你需要照料的原因。我们却要坐在三十四岁的朋友身旁,看着他们死去。"

"但是死亡降临的那一刻难道不也是某种仁慈吗?"我问道。对于悲伤,我想他肯定比我了解得更多,经历得也更多。

"也许吧。可我们仍在失去他们。他们走了,永远无法继续自己的人生了。"

我们属于永远都无法想象而立之年的那一代人,以为自己永远都不会老去。那个男人是对的,谁也无法让我们做好准备。对于我们所有人来说,死亡已经成了一种仪式:坐在床边,等待下一个打不通的电话号码,等待下一场葬礼。万事万物仿佛都在加速发展。悲伤不会等待我们变老,死亡也并非遥不可及。我们必须去思考、去讨论这个问题。我们别无选择。

我选择试图与死亡交朋友,为它穿上更加鲜艳的衣裳,而不是平淡无奇的一袭黑衣。有些时候,我不会把它看作一个单独的实体,而是把它看作一群身披柔和的蓝白渐变衣裙的天使。有一天晚上,在半睡半醒之间,我看到父亲被四个

漫长的告别
THE LONG GOODBYE

天使托了起来。这些温文尔雅的生物将他带离了纷纷扰扰的世界,摆脱了一点点蚕食他的疾病。他俯视我的母亲,朝她露出了微笑,眼中充满了悲伤与怜爱。

我美化了死亡的形象,脱掉它的斗篷与寿衣,赋予它一张安详而慈爱的面孔,一副能够理解哀伤的面容。我需要这么做,因为没有死亡的介入,这个疾病会大步向前,攻占父亲的全身,只留下他的轮廓。

我试图忘记满怀善意的人曾与我分享过的那些关于阿尔茨海默病的故事,但无疑是忘不掉的。我有一个朋友,他从小就很喜欢自己的叔叔,最近却不得不把他送进一家阿尔茨海默病医院。两天后,那个曾带他去钓鱼、露营的叔叔竟然试图用枕头闷死另一个病人。所幸,在那个女人被他闷死前,有人出手阻止了他,而他五分钟后就不记得自己做过什么了。还有人告诉我,他的一个亲戚经历了阿尔茨海默病的各个阶段,最终身陷无情的怒火无法自拔,还发泄在了自己所爱之人的身上,只不过她已经记不得自己爱着他们了。对她而言,他们只不过是一群妨碍她的人。这些故事让我想到,死亡就像花园的一扇大门,而我的父亲需要通过它才能获得安宁。

父亲确诊后不久,我曾对弟弟罗恩说过:"我们就要失去

1995年8月
失落、恐惧、成熟

父亲了——你是怎么想的？""我和你不一样。"他的回答带着男性的坚忍，"我觉得，这对我来说要容易一些。我和他的关系更完满，不像你那样迫切地需要他的爱。"

我没有进一步追问，因为我对他所说的"完满"心存疑虑。失去一个从出生那一刻起就与我们血肉相连的人，人生是永远不会完满的。不过，充满渴望的爱也许是专属于父女的，儿子可能会有所保留。尽管如此，只有爱能够蹂躏我们，将我们碎尸万段，再拼凑起来。我有时会在碎石下翻找，想要了解我是谁——我是我父亲的女儿。我拥有他不拘一格的笑容、修长的双腿和宽阔的双肩，偶尔还具备他的幽默。这似乎是个再简单不过的事实，我却用了大半生在愤怒中逃避。我希望自己能多需要他一些，不后悔这么多年来想要了解他的渴望——即便我曾经想要摆脱他活在我心里的那一部分。

为了回家，我需要逃跑，要及时赶回去与父亲道别，看着母亲为悲伤所做的改变。她自以为悲伤会将她瓦解，其实却因它而更加美丽。我回来也是为了听到姐姐莫琳的声音。她哽咽地对我说："我会非常想念他。"

如果要问儿子失去父亲的方式与女儿有何不同，那就是

漫长的告别
THE LONG GOODBYE

他们应对痛苦的方式不太一样。我的哥哥迈克尔摆出一副勇敢的面孔，罗恩则处乱不惊。我和莫琳会在眼中溢满泪水时伸手去拿太阳镜，等待周围没人的时候再哭泣。不过，我们所有人的内心深处都藏着同一个真相：过不了多久，我们就要失去自己的父亲了。从某种程度上来说，我们已经失去了他。深入记忆，我们才能再次触碰到他、听见他的声音，永远记住与他共处的那些时光。

1995 年 9 月
"只要我还能说话"

世界会记住他的声音,
而我的家庭也会记住他的沉默。

漫长的告别
THE LONG GOODBYE

父亲在教自己所有的子女骑自行车时，用的都是同一种方法。拆掉辅助轮后，他会跟在我们身后奔跑，紧紧抓住坐垫后侧，好让我们能有安全感。某一天，在我们毫无意识的情况下，他松开了手。我记得自己回头去看，以为会看到他把手放在自行车上，却只看到自己在没有他的情况下已经骑出去好远，身后是缎带般的马路。父亲正站在他放开我的地方，挥着手微笑。

我和几个兄弟姐妹曾经有过共同的童年回忆，然而随着年龄的增长，我们有了各自的生活。我们之间有着年龄的差距。莫琳和迈克尔差不多比我大十岁，罗恩比我小六岁。他们在成长过程中都没有经历过20世纪六七十年代初的激情岁月——要么是在激情被点燃之前，要么是在它们被扑灭之后。我的身上却被那些火苗打上了烙印。

1995年9月
"只要我还能说话"

我们这一代人一路跌跌撞撞，拥有了属于自己的遗产。回首往昔，看着断裂的纽带与磨损的绳端，我们赫然发现，有些纽带竟然还藕断丝连。不管曾经多么努力想要获得自由，我们仍旧和先辈们捆绑在一起，与生养我们的父母、我们从不认识的祖先捆绑在一起。如今，我们终于长大了，怀着爱意握住那些纽带，循着它们回去，知道在它们的引领下才能找到曾经失去的自我。

历史上没有哪代人能像"婴儿潮"这一代那样，与父母据理力争——喝着20世纪50年代的乏味母乳长大，在60年代的复兴中情绪高昂。眼下，我们已经年逾不惑，多了几分冷静和睿智，视野也更加清晰。但我们正在失去自己的父母。

正是由于我们挣扎得太过用力，奔跑得太过迅速，归途才更加遥远。想要软下心来，体验与父母道别的经历，我们还有很长的路要走。我们这些20世纪60年代的开路者也许参与了革命，却忘了要解放自己的心灵。伴随着父母的衰老，我们的心胸比以前更加开阔，找回我们发现如嗑药般令人亢奋的愤怒之前所知的纯真与爱。

我们中有些人已经踏上了归途，尽管双脚沾满了鲜血，心灵却得到了抚慰。我有时会想，要是父母没有那么长寿，

漫长的告别
THE LONG GOODBYE

或是我不曾听到过内心绝望的回声,生活会有哪些不同。这样的念头会在一些微不足道的时刻出现,比如我挽着父亲的手臂散步时。要是他不在我身边,而我只能带着残留的怒火活下去,会怎么样呢?如今听到母亲的声音,想到自己从她那里学到的东西,我也会产生这样的想法。一切可能为时已晚,留给我的也许只有沉默与距离。

悲伤中蕴含着令人无法逃避的孤独,让你夜不能寐,感觉它已贯穿你的内心。我是带着沉重的心情度日的,但那是一份可以被分担的重量。有些事情、有些经历只属于我与母亲,别人谁也感知不到。要是没有家人、没有日日与母亲的通话,失去父亲对我而言将是无法承受的。从朋友那里听说他们的父母已经老去,多少年都没有说过一句话,我会畏缩。曾经视为家的地方如今就像是我很久以前参观过、还不太了解的一个地方。

20世纪80年代的大部分时光里,我都将沉默留给了我的父母,却将最具反叛性的声音释放给了这个国家。我不同意父亲的政治纲领与决策,于是发表了无情的抨击言论。一个与我年龄相仿的女性朋友告诉我:"我们这代人中不可避免要有一个人站出来,代表大多数人表达心中的愤怒。在某种

1995年9月
"只要我还能说话"

意义上,你就是我们这一代人的代表——一个谴责父亲的愤怒女儿。当然,凑巧的是,你的父亲是美国总统。"

"很好。"我回答,"我很乐意担当这个角色。"

父亲曾多次叫我去和他谈谈,听听他的观点。我的答复是,我已经知道他的观点是什么了。如今想到这一点,我浑身发抖。就算我已经明白他是怎么想的,又有什么关系呢?他要的是沟通,而我拒绝了他,伤害了他的感情。我以为自己在为裁军和更加和平的世界而奋斗。毫无疑问,核武器储备是既危险又可怕的,但不理解自己的怒火会致命的这一代人不也一样危险且可怕吗?

1982年,帕萨迪纳市的玫瑰杯美式足球赛场上举行了一场规模盛大的反核聚会,从白天一直持续到晚上。音乐界和好莱坞的众多知名人物都出席了聚会,观众更是成千上万。蓦然回首,我心里十分清楚,还有其他方式能够表达我对这种意识形态的支持。我可以写一份声明,交给别人宣读,或是在媒体上发表文章,宣称我支持反核运动,不必以出席集会的方式反对我的父亲。但这就是我的天真之处:我并不知道自己在那里的出现是一件多么私人的事情。"我为什么不能像其他人一样出席活动?"这就是我的想法。事实上,我

漫长的告别
THE LONG GOODBYE

和其他人都不一样。正常活动中，无论是坐在观众席上的人，还是出现在舞台上的人，谁的父亲或母亲都没有入主白宫。通过站上舞台，我真正表达的其实是自己已经向父母宣战。换句话说，在"和平星期日"的活动上，我却发动了一场战争。

杰西·杰克逊先我一步进行了发言，对我的父亲发起人身攻击，还在结束前带领整个体育馆高呼"选出一位新总统"。站在后台，我还记得一名特勤局特工以表情示意我，他在等待我离开，取消发言计划。他在暗示我，我应该这样做。尽管天气闷热，我的心头还是涌起一股可怕的寒意。杰克逊牧师下台后，杰西·柯林·杨紧随其后。下一个就轮到我了。我还记得他演唱的是《想象》。我告诉自己，这首歌能消除人们心中被煽动起来的敌意。我的动机不是要攻击父亲这个人，但动机是无法深入人心的——你得公开露面才行。走上舞台时，我感觉有些恶心，却自我安慰这只不过是因为紧张。我发表了一段简短的演说，提到了和平，提到了让世界不那么危险。从掌声中，从观众听我说话的方式中，我感觉自己说了什么无关紧要。对他们而言，我那天的出现才是最重要的，而不是我想要传达的信息。多年后，我遇到了一个那天在场的人。他说："你在杰西·杰克逊离开后出现在舞台上时，我

1995年9月
"只要我还能说话"

的第一个念头就是，你肯定恨透了你的父亲。"

我当时的经纪人曾去找过杰克逊牧师，质问他明知道我会在他后面上台，为何还要带头煽动情绪，实在是考虑不周。他说："要是她接受不了，就不该到这里来。"

多年以来，我一直在责备杰西·杰克逊，现在才觉得他唐突无礼的回答是正确的。那一天，我能为世界和平做的最好的事情，就是留在家里。

时间与疾病合起伙来，给我留下永远无法对父亲诉说的千言万语。我想要道歉，向他解释我是发自内心地想在他的保守主义与我的反核运动信仰之间架起一道桥梁，却与自己的傲慢和年轻起了冲突，我的内心一败涂地。我想要告诉他，我接受了他沟通的邀请，希望自己能够倾听他的话——不是因为我觉得任何人的观点都能改变，而是因为倾听是一个充满爱的举动，也因为他值得我付出这么多。这样的对话只能在我的想象中进行，于是我现在时常这样做，想象他的双眼闪烁着光芒，脑袋歪向一边。他专注地聆听某人说话时就是这个样子。我想象他微笑着说："我也希望事情不是这样的。"

如今，他的脑袋已经不会歪向一边了，眼睛也时常望向

漫长的告别
THE LONG GOODBYE

我们身后的地方。我们已经忘却了那些年的混乱,忘却了固执的沉默。但我忏悔的是那些不曾说出口的话。

我一直在心里默默忌妒自己的兄弟姐妹,他们的政见不像我那样与父亲的相左,因而生活更加和谐。我内心的不和谐总是挥之不去,现在依旧如此。

莫琳基本上一直属于保守派——是个坚定的共和党人。无论她与父亲在某些具体问题上的看法多么不同,两人的保守思想体系始终是一致的。她与他契合的地方正是我的开放性伤口。父女间的分歧令我备受折磨,无法弥补我们之间的鸿沟。我心想,要是他是个自由民主党人,或者我能彻底接纳共和党的观点,那该多好。这两种幻想都是无法实现的。罗纳德·里根似乎生来就要代表保守主义思想。他的信念是发自内心、根深蒂固的。而我却无法扑灭自由主义观点的火焰。它们血气方刚、激情四溢,似乎时刻都要灼伤别人。

我的弟弟罗恩处于中间地带——一片属于他自己的非军事化区域。在核心层面,他的政治主张比父亲的更加自由,不过其中也掺杂着一些保守的观点。他可以冷静且合乎逻辑地讨论问题。对他而言,政治问题不是个人问题。

迈克尔是保守派的电台主持人。他在共和党内的资历从

1995年9月
"只要我还能说话"

未遭到过质疑。

我时常想,要是自己的信念能再软弱一些,可塑性更强,更加不温不火就好了。多年前父母就曾说过,我肯定是受到了我们这一代左翼激进分子的影响——我过去一直希望他们是对的。这些暴躁的60年代布道者占领了嬉皮士区,为伯克利带来了混乱,本着革命的精神挥舞着拳头。如果我能将这一切都归结为同侪的压力,事情就简单多了。可是我不能。

我为自己表达政治信仰的方式表示后悔,但这些信仰本身从未发生过改变。如今,在父亲卸任多年之后,在他已经无法参与政治讨论,甚至有可能不再关心这些事情之际,我们之间的分歧对我而言仍像是一道鸿沟,一道永远也无法弥合的鸿沟。

于是我选择从鸿沟处退却,走向另一个方向,选择只做他的女儿。我想要感觉自己还年幼,在朝他奔去时知道他会张开双臂接住我,把我高高举向空中。我希望他能扑灭我的怒火,抚平我的暴躁,叫我凝视着他的双眼:"无论你做什么,都不要笑。"不出几秒钟的工夫,我的愤怒就会分崩离析,化为笑声。除了重新做回他的女儿,抛却政治分歧的折磨,我别无他求。读到批评里根时代却赞美罗纳德·里根这

漫长的告别
THE LONG GOODBYE

个人的文章时，我内心的情感是自相矛盾的，不愿站在任何一边，也不知该如何应对这些感受。我永远也不会知道。

　　母亲的声音通常是她疲惫程度的晴雨表，经常会因为筋疲力尽、伤心难过而变得有气无力。我们都被困在这个等待的游戏中，等待忧伤的开始，后来才意识到悲剧已经拉开帷幕。这一点从我们的声音中就能听得出来，其中又数母亲的声音最为明显。

　　有时，她会委婉地与我聊起结局。我们会用"等一切都结束"或是"之后"这样简短且刻意的字眼。其他时候，我们还会从临床的角度进行探讨，将事情剥成光秃秃的木头。有些时候，我们仿佛是在直接与死亡对话，盯得它不敢与我们对视。我们眼睛都不会眨一下，也不会装腔作势。我们还会谈到父亲去世后，生活可能变成什么模样。然而母亲与我的声音总是沉闷、压抑的，仿佛身上被绑上了船锚。

　　我能捕捉到母亲的声音缓和下来的那些瞬间，搜寻这一变化的成分，试图对它们进行生产或复制。

　　这个星期，我曾两次听到她的声音轻快了起来——透过电话线，那声音听上去年轻了不少，更加充满希望。她从一

1995年9月
"只要我还能说话"

个朋友那里听说了对方在戒酒者互诫会上认识的一个男人的故事。故事讲述的是一个奇迹,一个无法得到合理解释的现象。她已经等不及要告诉我了。

"他去了乔治·华盛顿医院。"她提醒我,父亲中枪后被紧急送往的就是那家医院,"在诊疗室里,出于某种他现在都无法解释的原因,他拿了一张纸和一支笔,走到一个医疗器具旁,画了起来。几秒钟后,画中出现了一幅耶稣受难图。"他不好意思把故事讲出来,怕人们以为他疯了。

"我觉得这听起来并不疯狂啊。"我说。

"这个故事是不是令人难以置信?"母亲问。显然,疯狂不是她对这个故事的评价。

可我听到的却是这个故事的弦外之音——母亲声音的旋律,嗡嗡的声响中透露出的能量。她瞥见了一个奇迹——别人的奇迹,但这并不重要。

"你肯定不会相信。"她的声音如少女般轻盈,"我得到了一个电影角色。起初我还以为是个玩笑呢。"

我猜是个配角。但是我们都错了。这既不是玩笑,又不是什么客串角色,而是一份严肃的邀约,与阿尔伯特·布鲁克斯联袂主演一部故事片,在剧中扮演他的母亲。

漫长的告别
THE LONG GOODBYE

"要是再迟一些,我可能就接了。"母亲告诉我,"只是眼下我没法儿接手这种事情。但剧本和角色都很棒。我当年被签给米高梅公司时,时常恳求他们让我拍一部喜剧,可他们就是不肯,总是让我扮演怀孕的家庭主妇。"

"你知道这是怎么回事吗?"我回答,"这一切在向你展示,什么事情是可能的,什么样的机会还能向你敞开。你从未想过会主动出现在你面前的事情。等这一切结束后,还会有其他人出现。也许还会有这种机遇。电影的档期被推迟是常有的事情。"

母亲人生中的这些瞬间让我轻松了不少,日子日趋平静、满足。我感觉自己更加充满希望,没那么怕她了。

她的一位朋友曾经说过,尽管她正历经磨难,气色却相当不错,准确地说,是红光满面。这样的评价令她充满了疑惑——既受宠若惊,又不知所措。

"难道你不明白他什么意思吗?"我问她,"你正在经历一段痛苦艰难的时刻,却没有让它深入你的内心,将你软化。这是一种无与伦比的美,通过肉体的美丽展现了出来。承受过苦难的人都是美丽的。"

其实我也在母亲的身上注意到了这样的美。挂了电话,

1995年9月
—
"只要我还能说话"

我走到镜子前端详自己的脸庞,心想我应该早点儿告诉她这一点。我不善评判自己的外貌,常常斥责镜子里的那个人。但我硬着头皮把自己的看法放到一边,想象着我想要看到的变化。我会警告自己的脸,不要变得无情或尖刻,眼神在望向身边的人时不要变得冷淡、不友好。如果我沉迷于悲哀、改变、与父亲进行漫长道别的秘事,这样的眼神就会展露无遗。

要是我可以化作一天中的某个时段,我会选择黄昏。它柔和而多彩,能被刷上各种颜色——蓝色、淡紫色、灰色。黄昏被称为悲伤的时刻,却又拥有平静的庄严之美。它引领着星星的到来,不介意短暂停留后就要离场,而是欣然优雅地转向夜色,如同一位饱经风霜的女子,因而更加可爱。我时常会在黄昏时与母亲聊天。

《天使不死》一书问世时,父亲的一本语录也出版了。书中记录了父亲在1988年共和党全国代表大会上说过的一段话。它深深打动了我:

牧场上还有许多灌木丛亟待清理,还有篱笆需要维修,还有马匹需要人骑。但我想让你们知道,

漫长的告别
THE LONG GOODBYE

如果火熄灭了,我会留下自己的电话号码和地址,以防你们需要一个步兵。只要让我知道,我就会赶去,只要我还能说话,只要这个可爱的国家在地球上闪耀光辉时力争做到与众不同。

我们谋划人生,畅想人生,将一切寄托于希望之中。但没有什么是一成不变的。我知道父母认为他们的人生应该趋于平静,多一些属于自己的乐趣,偶尔小心地涉足一下公共领域。然而出于对这个国家的热爱,父亲愿意重新走到聚光灯下,只要他觉得这是有必要的。其中令我最难过的那句话是"只要我还能说话"。

我猜谁也不知道自己将如何或何时归于沉默,悄悄走完此生。万事都是按照上帝而非人类的计划发展的。我们越来越安静。这些日子,父亲看得多了,说得少了。世界会记住他的声音,而我的家庭也会记住他的沉默。清晰而有力——这正是一个即将离开我们的人发出的声音。

1995年10月

充满情感的心脏

爱是一座桥,
能让一个人走到另一个人面前。

漫长的告别
THE LONG GOODBYE

　　母亲的另一个朋友突然意外去世了。他的心脏骤然停止了跳动，拒绝继续运转。被紧急送进医院时，他已经离开了人世。为了他的葬礼，母亲从花园里摘了些白玫瑰，放在他的棺木上——那是大地的礼物。在我还是个孩子时，她总是会剪些玫瑰带回家，插在花瓶里。此时此刻，我想象她为了一个令人悲哀的目的采下这些白玫瑰，俯身将它们放在朋友的棺木上，再一次与他道别。

　　结束这段对话后，我挂上电话，开始思考有关心脏的问题——肉体里那颗强大又脆弱的心脏，充满情感的心脏。它如同行吟诗人，在歌声中伴随我们陷入爱情、历经磨难、建立深厚的友情。我想到某些人的心脏是多么渴望在港湾里停泊，有些人又是多么向往出海。母亲的心在婚姻与家庭的港湾中得到了滋养，牢牢扎根，听不到性感妖女的歌声。我的

1995年10月

充满情感的心脏

心则属于一个顽固的水手——肉体比情感更坚强。它用尽蛮力度过了年轻气盛的岁月，经过了毒品的磨炼，承受得住我想要奔跑的距离和坚持要举起的重量，以及我莫名沉迷的粗暴锻炼。然而，爱或爱的启示却将它送上了蔚蓝的航海之旅。我想，我的心应该是喜欢旅行的，渴望了解母亲知晓的事情。港湾已经不再像以前那样令我害怕了。

父亲的心脏有着不规则的奇怪韵律。任何一个第一次聆听他心跳的医生都会大吃一惊。不过那是一颗坚忍勇敢的心，让他经受住了午后巨浪上的滑行，度过了在牧场上伐木、骑马、清理小径的漫长时光。当外科医生的双手在他的胸膛里翻找那颗距离他心房不到一英寸[1]的子弹时，他的心脏还在继续跳动。它已经为父亲尽到了自己的本分——以疯狂的节律稳定地跳动。他对此既不担心，又不烦恼。待时机成熟，它就会停止跳动。

我父母的心相爱后将我带到了这个世界。我对此拥有前所未有的崇敬。死亡会令你思考出生，再进一步想到受孕——能够创造生命的独特行为。基因被联结在一起，化作

---

[1] 1英寸=2.54厘米。——编者注

漫长的告别
THE LONG GOODBYE

DNA的项链，形成父母用来识别子女的特征，子女却对此充满了质疑。父母在凝视孩子时，通常都能在他们身上搜寻到自己的点滴痕迹——双眼和嘴巴的形状、下颌的弧线。

可谁知道哪些基因会在受孕、出生或之后的某个时候瞬间闪光呢？我是伴着父亲唱的摇篮曲长大的。它将我带去了一片拥有无数故事的土地。自我最早记事时起，他的话就牢牢刻在了我的心间。他能将自己的言语编成绳子，让我攀在上面来回地摆荡，等待他将我拽入另一次冒险。我不知道自己是何时爱上遣词造句的，只知道爱了就是爱了。创作成了我的生命线，是某种超越选择、生死攸关、偶尔又颇具毁灭性的东西。我曾用它伤害过我的父母，磨砺一个个字眼，对准了将自身基因串联起来、把我变成一个作家的这两个人。

有人会说，我的作品如今几乎成了母亲赖以生存的生命线，真是讽刺。不过这也保证了我们正在经历的故事将得到真实而温和的讲述。如果我的父亲还能开口说话，可能会说日子还长着呢。

我与母亲常会分享素不相识的人寄来的信件和卡片。有时候，我们还会收到素昧平生的人写来的诗歌或人生故事。

1995年10月
-
充满情感的心脏

如今,分享这些内容已经成了我们自我强化的方式。

母亲提醒我,我小时候时常会为父母抄写诗歌,还把这些诗歌当作送给他们的纪念日或生日礼物。她想起自己去学校接我时,我没有和别的孩子一起玩耍,而是坐在长凳上读书。她曾告诉一个朋友,她从我小时候起就知道我有一天会成为一名作家。

马娅·安杰卢说过,爱是一座桥,能让一个人走到另一个人面前。我记下了她的话,因为我觉得它们描述的正是我的故事试图传达的核心。我们正在学习搭建一座桥梁,跨越生活的杂乱无章,跨越共同经历的深水,最终克服失去我父亲的痛苦。

患上阿尔茨海默病的人会日渐退缩,陷入一片模糊的世界,将自己所爱之人留在外面。然而我的母亲没有退路。她的身边只剩下孤独,只剩下瞬息万变的生活带来的痛苦。她变得越来越狭隘,越来越寂寞。对她而言,那种感觉肯定像星星和月亮都蒙上了双眼,让世界变得更加黑暗。

人们问起她时,她会说:"日子就是有好有坏。"这似乎是个尽人皆知的说法,却能让人们的好奇与她保持距离。不过,有过这种经历的人都知道,坏的日子会开始影响好的日

漫长的告别
THE LONG GOODBYE

子,将曾经看似安全无虞的接缝一一绷开。和母亲聊天时,我时常感觉恐惧与悲哀正在自己的内心挣扎,如同巨蟒彼此缠结,形成我想象中悲伤的形状。我抱歉地告诉她,自己这个月没法飞去洛杉矶了;搬家的开销与忙碌让出行成为不可能。虽然她表示理解,说我们这个月还能在纽约团聚,我还是感觉糟糕透顶。心不在焉的我在黄色的便签簿上画了一团看似风暴云的东西,恰如其分地描绘出我的心境。

我们有时会把注意力转移到轻松一些的话题上,借此找到穿越这片乌云的方法。眼下,这个比较轻松的话题就是我的新公寓。我已经向母亲描述过它的模样,她过几天就要来了,终于有机会亲眼看一看它。其实我还没有搬进来,屋内正处于粉刷墙壁、重打衣柜的混乱改装阶段。与此同时,我还要一箱箱地搬运物品。昨天晚上,我去新房观了一场日落。这种景象在我过去居住的公寓里是见不到的。客厅上方的阁楼将成为我写作的房间——一座城市版本的树屋。修缮公寓是一件让我和母亲充满干劲的事情,而且远不止于此。她将成为我的住宅升级过程中的一部分,就像她已经成为我生命进化中的一部分那样。

有一种理论认为,家就是我们自身的延伸。我们内心最

1995年10月

充满情感的心脏

深处的倾向是可以通过检验被我们称为"家"的物质环境来发现的。有人曾经告诉过我，在允许什么样的人走进你家大门的问题上，必须十分谨慎，因为这个重要的举动也是在毫无防备地放任他们走进你的生活。数十年来，我一直不让母亲走进我的家，走进我的生活。在我的幻想中，我也不曾让她走进我的心灵。可父母是不能被我们驱逐到心灵之外的。一种令人几乎无法理解的纽带已经将我们绑在了一起。我们可以闭上双眼，假装这条纽带并不存在，却无法将其切断。这样的纽带能够跨越时间与时代，挨过最愤怒的岁月、最深切的心痛，在沉默和距离中将我们绑在一起，带我们走上回家的路。

我碰巧在马娅·安杰卢的一期电视采访中看到她提起了托马斯·沃尔夫的作品《你不能再回家》。她表示，尽管自己十分欣赏他的作品，却无法认同书中独有的情感。她认为，一个人永远无法真正离开家，这似乎才更加真实。这也是我最终发现的真相。我曾经努力飞奔，以为自己是在离家出走，其实却是在绕圈，累得筋疲力尽。当我停下脚步，对父母张开双臂、敞开心扉时，当我承认我们之间绵延数英里的纽带从未断开时，我长大了。

漫长的告别
THE LONG GOODBYE

我带母亲去参观新公寓的那一天碰巧是 O.J. 辛普森被判无罪的日子。我们一起观看了裁定会，然后带着麻木又有些震惊的心情步行去了中央公园西大道，去看我未来生活的地方。

刚踏进门，我们的心情就好了起来。公寓里的通风、光线、高得令人不可能产生幽闭恐惧的天花板都令人兴奋不已。

"我真为你感到高兴。"母亲边说边拥抱了我。

我们聊起了如何装饰公寓的话题，还谈到了该把沙发摆在什么位置。中午刚至，我们已经经历了情感的过山车——从震惊到兴奋，从悲哀到欢愉。我猛然发现，情绪的起伏不就是我们记忆中这一天的样子吗？世界会将我们卷入无法控制的事件当中，然而生活还要继续。二者彼此碰撞、相互交织的时光才格外难忘，能将我们与那些分享这段时光的人永远联系在一起。

当月晚些时候，母亲再来纽约前，我就可以搬进来了。那时的我也许仍然身陷混乱与装修的困境，但肯定不会如此杂乱无章。我觉得，舍弃多余的个人物品甚至是家具的过程，正是我内心变化的一种暗喻。在某种程度上，我猜这也是目睹父亲的生命逐渐消逝的结果。它让我清醒地意识到了时间

1995年10月
充满情感的心脏

在飞逝——第一次顿悟到这一点时,我曾大吃一惊。我不想让自己的内心被琐碎的戏剧性事件和纵情享乐填满,也不想让家中堆满"物品"。

"眼睛是需要休息的。"站在新公寓里,想象东西该何去何从时,母亲告诉我。她这话说的是室内装潢,但我觉得它也是一种暗喻。正是在空地里、缝隙中,我们的头脑才能清醒,要是走运的话,还能获得一份心平气和。

陪她一起参加朋友举办的晚宴时,我曾仔细观察她被问及我父亲情况时的反应。和我的回答一样,她的答案有所转变。她会把目光移开,开口说道:"这个病还是老样子。"面对"你父亲怎么样了"的问题,我的答案也变了,不会再说"很好",因为我觉得自己的眼神会将我出卖。于是,我选择了一种似是而非的答案:"眼下对我们全家来说是一种挑战,不过我们可以应付得来。"说罢,我便移开眼神,希望人们不会进一步逼问。

在公众关注中的生活的讽刺之处在于,那些被视为私人领域的地方会被极其精准地区分出来,被人用敏锐的目光审视个遍。即便是对最亲密的朋友,也不能将完整的信息和盘

漫长的告别
THE LONG GOODBYE

托出,细节必须有所保留。这些私密的领域会变成堡垒,成为固若金汤、坚不可摧的城堡。你必须改变自己的外在形象,来保护内心的世界,保护现实生活的原始真相。

有些时候,你对真相的认识也会有所改变。某天晚上,我在电话里和父亲简短说了几句,还道了晚安,说了"我爱你"。他的声音听上去既洪亮又坚定,于是我不禁想象他的头脑并没有被逐步集结的疾病征服,过几天记起这通电话时还会微笑。这种情况有可能会发生,也有可能不会发生。我需要暂时将现实搁置几小时,随心所欲地渲染它。

这个世界已经承认了我父亲的沉默。有人曾邀请母亲在共和党大会上发言,并告诉她:"你现在就是他的发言人了。"谈到这件事情,我们讨论的并不是政治,而是1992年的那场大会有多卑鄙。她说她不想再让父亲的名声卷入千篇一律、不断重复的谩骂与抨击中,所以并没有做出什么决定。"要是科林·鲍威尔参选的话……"她暂时没有再说下去。

1995 年 10 月末

定格在心中的画面

每个人的心中都蕴含着力量。
直到你从地球的边缘坠落，
才知道内心深处的力量源泉能够拯救自己。

漫长的告别
THE LONG GOODBYE

我生日那天下起了大雨。从我新家高大的落地窗望去，倾盆而下的无情暴风雨格外引人注目。这一天，我大部分时间都是与母亲一起度过的。我们在公寓里吃了午餐，天南海北地聊天，从装修聊到了纽约的八卦，还谈到了我的父亲。这期间的某个瞬间将永远铭刻在我的记忆中。在将厨房与客厅分割开来的宽大吧台旁，母亲坐在一张吧台椅上说道："我不知道该如何独处。我从来没有独处过。"窗外大雨倾盆之际，她正强忍着泪水展望令她不寒而栗的未来。她看上去如此娇小，而这个世界——那狂风骤雨——看上去却是如此势不可当。我再次感受到了如今对我而言已如家常便饭般的无助。这种感觉简直就是生活中令人讨厌的伴侣。没有什么言语能够改变那个瞬间。无论如何，她都将学会独处，尽管这个世界上没有谁能够告诉她该怎样做。她必须发自内心地去

1995 年 10 月末
—
定格在心中的画面

学习。要知道，每个人的心中都蕴含着力量。直到你从地球的边缘坠落，才知道内心深处的力量源泉能够拯救自己。

去年，我的生日过得既悲惨又孤独，和今年相比简直是天壤之别。生日过后，我在卡莱尔酒店和母亲见面，改善了母女关系，走上了让这个家庭破镜重圆的旅途。想来也怪，仅仅一年的光阴，竟能发生如此多的事情。

我和母亲从纽约飞到华盛顿，参加玛格丽特·撒切尔夫人的盛大生日庆典。盛装出席庆典的有数百人，其中大多都是保守派人士。在过去的数年中，我总是回避这种活动，也没人敢开口邀请我。眼下，尽管我依旧有可能是这种晚会上的异类，却已经可以和母亲对此开起玩笑了。

"我知道还有一个自由党人会来。"我告诉她，"至少我不会是那个象征性的代表了。"

我不禁好奇，要是在父亲执政期间，我能以同样轻松的态度应对我们之间的分歧，愿意一笑置之，事情会变成什么样子。

鸡尾酒会期间，我站在母亲身旁。前来与我们打招呼的人大多都很高兴看到我们母女重聚。我能感觉出这对她来说

漫长的告别
THE LONG GOODBYE

意味着什么,因为这对我来说同样重要。人们纷纷为我们送上了祝福与祈祷,同时也在为我的父亲祈祷。在这场属于撒切尔夫人的活动中,大家都能感觉到他的缺席。父亲与她拥有深厚的友谊。这种关系在世界领导人之间实属罕见。

由于我的父亲无法出席,向撒切尔夫人及宾客致辞的任务就落在了母亲身上。她要代表自己和我的父亲表达生日的祝福。我看着她走上舞台,知道她有些紧张,在心里默默为她祈祷。这些日子以来,她很容易意外落泪。她身后的巨幅电视屏幕上展示着我的父亲与撒切尔夫人的合影。那已是另一个时代的画面,一个更令人骄傲、没那么悲伤的时代。我心想,幸亏母亲讲话时看不到这些照片,不然可能又要落泪了。

人们纷纷为她起立鼓掌。我知道房间里充斥着太多的情感,大都为父亲无法出席深表遗憾。我想到了他与玛格丽特·撒切尔夫人之间的友情。要是各国领导人无论意识形态如何,都能像他们那样相处,世界可能会更文明、更和平。

在电视屏幕上闪现的最后一个画面中,父亲微笑着眨着一只眼。这正是我想要记住的他的样子。他现在还会这样眨眼。这个举动如此具有爱尔兰风范、如此温暖,是友善和兴致高昂的象征。我发现自己也会朝他眨眼,这样他会朝我眨

1995年10月末
定格在心中的画面

眼。我小的时候，这个举动能让我明白自己捏造的各种戏剧性事件有多荒唐。它会打断你，让你不要那么严肃地看待生活。它就像一个神秘的密码，总是能够带来意料之中的效果。现在也一样，每当看到父亲眨眼的样子，我的心里就好受多了。

1995 年 11 月

"我已经八十四岁了"

在失去某个人的过程中,
没有哪个时刻会是平淡无奇的。

漫长的告别
THE LONG GOODBYE

我们都意识到，时间正在飞快地流逝。假期将至，全家人隐约感觉到，这有可能是父亲的最后一个圣诞节了。与此同时，我们还处在某种挥之不去、前途未卜的境遇中，心里有种奇怪的感觉，认为时间可能只是在故意拖延，走走停停，或者彻底一动不动。对于阿尔茨海默病患者来说，时间是短暂而迫切的。它失去了线性流动，变得困难重重，时常就是眼前的一瞬间。目睹这一切，我们发现自己的看法也发生了转变，全家人会尝试像父亲那样看待时间，陪他一起暂停，定格在某个时刻。我时常提醒母亲，爱因斯坦曾经说过，我们深信不疑的时空连续体只是凭空虚构出来的。那么谁的看法才是对的呢？在父亲面前，我们会跟随他的脚步，试图融入他对时间的想象之中。

一天早上，他对母亲说："我已经八十四岁了。"这是一

1995年11月
"我已经八十四岁了"

句与任何事情都毫不相干的话，是闪现在他脑海里的一个念头，通过他的声音找到了表达的方式，回荡在空气中。我们都有过这样的经历，猛然想起季节的变迁，想起流逝的年华，想起我们与另外一个人相识的光阴，这才突然意识到生命的短暂和时间飞逝的速度。提起"冬天来了"时，我们的话外之音是仿佛自己昨天还在收拾冬衣，打开窗户迎接夏天；谈到某个孩子已经懂事了时，我们还能感受到他钻进我们的臂弯，依稀听到耳边响起婴儿稚嫩的声音。最近，我对一位家住洛杉矶、来纽约拍电影的朋友说："我们认识彼此已经超过十五个年头了。"想到这一点，他认同地点了点头。我认识他的时候，他还没有孩子；他认识我的时候，我还在排斥自己的父母。这样的说法是特别且独立的，建立在多年的回忆基础上。

那天清晨，父亲开口说出"我已经八十四岁了"时，他和母亲刚刚醒来。两人躺在一起，就像他们这大半辈子那样。

她和我提起此事时，我不知道他这样计时出于什么更加沉痛的目的，是否在标记自己的离去——他已经到了可以道别的年纪。我会寻找这些迹象，用心聆听，因为我相信人们也许知道自己大约何时会离开这个地球，并且会通过不易察

漫长的告别
THE LONG GOODBYE

觉的方式告诉你。你必须留心，读懂言外之意，摒弃言语，去探究它们背后的意思。也许他是在对自己的人生进行归类、定义、注明日期——为他自己，但我觉得更多的是为我们剩下的人。他无法详述内心的思绪，因而那些念头依旧是孤独而神秘的，时刻拨动着我的心弦。

在失去某个人的过程中，没有哪个时刻会是平淡无奇的。最微不足道的手势，最简单平实的句子，都会被赋予更加重要的意义。母亲时常会说起父亲有多可爱。他的细心体贴，他在走出房间前等待她的表情，哪怕只过了片刻，还是一看到她就要亲吻她的样子。这并非因为她最近才发现他身上的这些品质，而是因为他的可爱并没有受到疾病的影响——要知道，这个疾病已经漫无目的地偷走了许多东西，如同小偷一样，见什么就拿什么。

当母亲对我说"没人应该患上这种病"时，我心想，时间总会偷走些什么。我不知道该如何回应她，毕竟这世上有太多的东西都不是一成不变的。父亲说："上帝自有他的道理。"对上帝智慧的信仰令他得到了安慰。我就没有这么坚定，偶尔才会去信仰中寻求慰藉，知道那是一种更好的生活方式。但其他时候，我会对着天堂挥舞拳头，质问为什么，

1995年11月
"我已经八十四岁了"

尤其是在想起自己已经逝去的人生，想起那些被我虚度的时光，以及踏上错误道路的急转弯时。为什么没有上天的声音阻止我呢？我时常这样去想，但很快就会意识到，除了自己的声音，我是不会聆听其他任何声音的。

今晚晚些时候，我走到壁炉架旁，吹熄了蜡烛。每天晚上，无论何时在家，我都会点上蜡烛，因为有人曾经告诉过我，看到蜡烛的火苗，你就永远不会沮丧。除了各式各样的蜡烛和防风灯，我的壁炉架上还摆放着教母柯林·摩尔的照片。她是位默片明星，晚年是在加利福尼亚州北部的牧场上度过的。还有一张松鼠的照片。它是我住在洛杉矶时从小养到大的，生性敏感，既温驯又狂野。旁边是鲍里斯·瓦莱约的一幅画，画中的女子躺在山坡上，仰望着一只独角兽。这幅画既大胆又感性，充满了无须多言的幻想。还有一张父亲的照片。今晚，正是它让我陷入了沉思。照片的背景是多年前我小时候的家族农场，他正在马背上跳跃。那是一张黑白照片，拍摄于一个被薄雾笼罩的日子。拍照的人抓拍到了他和马儿在半空腾飞、马儿前蹄眼看就要落下时的样子。我凑近照片，仔细端详着那匹马的体形。只见它强有力的胸肌在起跳时紧绷着。我几乎能够闻到它身上的热气和汗味，感觉

漫长的告别
THE LONG GOODBYE

到它的皮毛在我的双手下是那么平滑。父亲的体形完美无缺。他驾驭着自己的马，独特而优雅地一跃而起。我能够听到他说："没有什么能比马的身体更适合人的体形了。"这是他经常挂在嘴边的一句话，时隔多年还回响在我的脑海中。农场上的冬日是我最喜欢的时光了。那时雾气永远不会消散，马儿也都精神饱满，渴望飞奔。

站在那里，我希望照片能够带我回到过去，将我拉进画中，回到我心知已经逝去的那段时光。我想要带上一颗更成熟、更睿智、愿意尽情吸纳一切的心回去。可我只能站在照片前啜泣。我心想，自己曾经如此愤怒，其中多半时间不知道是为什么。我错过了许多，任由日子一天天流逝，却完全没有意识到时间过得飞快。如今它们卷土重来，折磨着我的内心。

泪如雨下的同时，我下定决心，要送给父亲一份圣诞礼物：一本关于马的影集。这样一来，他就能想起它们曾有益于他的身心，然后在梦中像过去一样跃上马背，令时间回转，被带往更加无忧无虑的日子。

伊扎克·拉宾遇刺的事情震惊了全世界。在过去的几天

1995年11月
"我已经八十四岁了"

中,我在街头巷尾都能感受到人们的悲哀与震惊之情。我想起父亲在"挑战者号"灾难发生后发表的那番抚慰人心的演讲。他的话语之间留有沉默的空间。白宫邀请我的母亲代表他前往以色列参加拉宾的葬礼。她觉得自己去不了,于是请了乔治·舒尔茨代表前往。我知道,这不仅因为她不愿仓促间离开我的父亲,还因为参加拉宾这种人物的葬礼对她而言是项再痛苦不过的任务。在某种程度上,这种痛苦能将过去和即将到来的未来联系在一起。拉宾是在发表演讲后遭人枪击的——和我父亲当年遇刺时的情景一样。世界各国领导人庄严地云集一堂——这也将是我的家庭最终要经历的。我觉得母亲可能无法忍受展望未来的阴影,让全世界人看着她为一位逝去的领袖默哀。因为在不久的将来,全世界将看到她为自己的丈夫默哀。

我从报纸上剪下了拉宾的孙女在他葬礼上发表的讲话。她的口才与措辞中的诗意都令我心碎。一位十七岁的少女竟能将悲痛塑造成如此美丽的思绪,实在令人肃然起敬。

她说:"你曾是营前的火柱,如今却留下我们独自身处黑暗的营地。我们是如此寒冷,如此悲哀。"最后,她是这样说的:"我想象现在应该有天使陪伴在你的左右。我会请求他们

漫长的告别
THE LONG GOODBYE

好好照顾你,因为你值得他们保护。"

我将这份剪报塞到书桌上的几份文件下,这样就能时常拿出来看一眼,寻找灵感。这个年轻姑娘经历的困境,使我感同身受,并且让我有所受益。

1995年11月，洛杉矶

平静之下的巨大力量

风平浪静的水面下，
永远暗藏着强大的力量，
一种必须得到尊崇和敬畏的力量。

漫长的告别
THE LONG GOODBYE

美国中部某地上空,我在三千英尺的高空开始自闭,沉浸在惬意的安静氛围中,觉得说话似乎都有些吃力。其中的一部分原因也许在于,我已经几个月没有见过父亲了,知道他的病情还在恶化。坐在飞机上,我紧闭双眼,这样空姐就不会问些我必须回答的问题。身陷这种冷静、疏离的状态,我无法摆脱,其实不确定自己是否想要摆脱。

"你还好吗?"母亲问我。那天晚上,陪父母用完晚餐之后,我在他们的卧室里看着她为我展示的照片。

"很好,只不过坐飞机太累了,还有时差的缘故。"我告诉她,努力让自己表现得积极外向,多几分热情,少一些冷淡。可我很难摆脱阴影,不确定这是为什么。

那天晚上,我躺在酒店房间的床上,听着窗外海浪的拍击声,脑海中突然冒出一个念头。父亲的安静令我着迷。他

1995 年 11 月，洛杉矶
—
平静之下的巨大力量

正从某个我到达不了、只能想象的地方向外望去。我能做的就是希望自己变得足够安静，让直觉接管我的思维，帮我去理解。也许我能在那份沉默中与他相遇，突然破译这一切背后的思维地图。

多年前，在恍如隔世的很久以前，我会在大海中站在父亲身旁，等待下一波海浪的到来。我们很少交谈。我还记得推动着我双腿的海浪，记得宽广而空旷的地平线，记得他呼吸的节奏。我会让自己的呼吸与他同步。那时的我就知道，一定要记住那段惬意的蓝色时光——除了等待下一波海浪，没有别的事情可做的一个个下午。

感恩节这天早上，父亲在我居住的海滨酒店外那条自行车道上等我。陪伴在他左右的是一个护工和几名特勤局的特工。我想带他去更靠近水边的地方，可他不确定自己是否想要走过那片沙滩。我不知道是为什么。天气十分温暖，他却还穿着长袖衬衫，外面套着一件毛衣。过去，父亲常穿着泳衣在海滩上度夏，身上永远散发着防晒霜的味道。

站在自行车道上，我意识到那些认出他的人都会露出微笑，却不愿走上前打扰他。就连那个礼貌地询问能否与我父亲打声招呼的人语气也很温和、恭谦。他握了握我父亲的手，

漫长的告别
THE LONG GOODBYE

说了句"我就是想向你问声好"便离开了,没有试图展开任何形式的对话。我觉得他是在对我父亲承认患病表示尊重,毕竟这种疾病会让对话变得越来越困难。

终于,我们走到了水边,去看冲浪的人。浪头掀起时,只有最熟练的冲浪者才能钻出水面。我发现一辆救生卡车:"快看,爸爸——你做救生员的时候可没有这么昂贵的吉普车,对不对?"

他摇了摇头,表示否定,眼神一直盯着海浪和冲浪的人。"我做了很多个夏天的救生员。"

"在河边,对吗?"我问。

"是啊……不过每条河流都有自己的走向。"

这句话一直回响在我的脑海中。每条河流都有自己的走向。我知道他是什么意思。看似平静的河面会欺骗那些不了解深层湍流的游泳初学者。他的话让我回想起他教给我的自然知识——风平浪静的水面下,永远暗藏着强大的力量,一种必须得到尊崇和敬畏的力量。我听过他当救生员的故事。他知道哪里的水流是危险的。凭借这些知识,他成了游泳健将,可以挽救那些比他柔弱、不了解水流走向的人。他的故事和针对大海、陆地或动物的教导总能让我有所受益。他告

1995 年 11 月,洛杉矶

平静之下的巨大力量

诉我,从马背上掉下去后一定要爬回来,这样恐惧就没有机会乘虚而入。

"要是我摔断了腿或胳膊之类的呢?"我记得自己曾经这样问过他。

"好吧,那就不属于这些规矩的范畴了。"他承认,同时扶着刚刚摔下来的我回到了马背上。

这句话将一辈子回荡在我的脑海中:跌倒后再爬起来,这样恐惧就没有机会乘虚而入。

在他对河流的评论中,我听出他对人生的接纳 —— 人生的起落与生活的洪流,还有突如其来的危险,通通可以接纳。

每条河流都有自己的走向……大海如此,人生亦如此。他任由自己随波逐流,不去反抗。现在,它们就要将他带走,他也心甘情愿。那是一条通往天堂的道路,正如多年前他迎着巨浪,毫无畏惧地游过去追赶它,嘴里还对我喊着"游呀",以免我错过逐浪的时机。

我们为什么不能永远这样呢?我的心中有个弱小的声音一直在问。我从未像父亲那样无所畏惧过。时间的流逝令我害怕,水面下那些令我失去控制、无法逆流而上的暗流也令我害怕。

漫长的告别
THE LONG GOODBYE

在这个阳光明媚的感恩节早晨,我们转身离开大海,穿过沙滩往回走。身后的某个地方,在浩瀚的蔚蓝大海中,一个年轻的女孩正努力让自己无所畏惧,奋力游向海浪,在父亲的身旁抓住一个浪头,冲向海岸。

他现在走起路来慢了不少。我搀住他的一只手臂,好与他步调一致,脚下踢起了一团团白沙。父亲和我都老了,但我们两人中还有一个清楚地记得,很久以前那些阳光明媚的日子里,我们曾一同畅游大海、驾驭海浪。有些事情是不会改变的 —— 我还在努力像父亲一样无所畏惧。

在我小的时候,感恩节似乎是从正日子到来前好几天就开始了。准备晚餐、布置餐桌、为祖父母和叔叔婶婶等我们不常见的亲戚到访做好准备 —— 这些都赋予了这个节日令人手忙脚乱、热血沸腾的感觉。年幼时我很喜欢这种感觉,进入青春期后却变得不屑一顾。今年的感恩节冷冷清清,令我非常沮丧。我的祖父母已经去世,叔叔身体不好,已经无法再和婶婶一起到洛杉矶来了。房子里没有了开饭前能弥漫好几个小时的美食香气。母亲从我父亲打高尔夫球的乡村俱乐部里订了晚餐,下午便取了回来。我们现在只剩下一个小小

1995年11月，洛杉矶
平静之下的巨大力量

的家庭，却还是努力想把气氛变得欢快起来。然而事实上，随着大大小小的节日逐渐到来，我们都在与沉痛的心情做斗争。晚饭很早就吃完了，因为父亲太容易疲倦。在回忆的追逐下，我驱车回到海边，被困在全家人都身陷的等待游戏中。

星期六一早，母亲和我就要飞回纽约。与父亲道别时，我们告诉他，我们要一起离开了。他重复了一遍："你们要一起飞去纽约？"

"是的。"母亲告诉他。

他的眼神亮了。"这就是我想要看到的。"

每晚入睡前，我都会和父亲说说话，告诉他我们很好。他还能注视我们，俯瞰我们，为他一直希望我们能够拥有的亲情露出微笑。要是言语能够跨越千里融入他的梦境，不知道他能否听到我的思绪。不过他教过我，要相信这种事情。他总是对我说，上帝会传送信息，捕捉与传递那些梦境和心愿，因此我会想象他正在聆听，正在理解，正在微笑。

1995 年 12 月

梦境

生命如此短暂,
我们稍不留意,
美好的东西就会与我们擦肩而过。

漫长的告别
THE LONG GOODBYE

我突然充满激情地爱上了滑冰，仿佛陷入热恋。曾几何时，滑冰是我所能想象的最遥不可及的事情。紧接着，我的脑海中除了它就没有别的事情了。某天下午，我和两个朋友去了中央公园的沃尔曼滑冰场滑冰。我发现，尽管小时候在加利福尼亚州也会偶尔去滑冰，但我的身体完全不记得该怎么做了。几十年后，我还是找不到平衡点，十分害怕，放不开朋友的手臂。尽管我看上去十分笨拙，感觉也十分笨拙，却知道自己已经无法自拔。我买了冰鞋，安排了课程，试着向满脸困惑的朋友解释，我只是无法忍受自己不擅长某件事情。

事情远不止于此。在过去的几个星期里，我掌握了平衡，逐步克服了内心的恐惧，开始对这项新的爱好有所理解。其中一部分原因在于运动的纯粹之美，还有划过冰面时的宁静

1995年12月

梦境

致远、遗世独立。天刚亮，我就把身体裹得严严实实，穿过公园，运动背包里放着我的冰鞋。这么早就出来玩的滑冰者并不多，各个动作优雅大方，令人印象深刻，对新手的努力也表示理解，持宽容态度。我猜他们中有些人知道我是谁，但这并不重要——在那个寒冷的清晨，我就是个学习滑冰的人。他们会给我提示、给我鼓励。大多数时间里，他们会让我一个人去寻找迟早能被掌握的平衡。

我每周要上两堂课，在其他日子里也会自己去冰场里滑一滑，聆听冰刀在冰上刮来刮去的声响，聆听那个时刻公园的宁静和日常播放的古典音乐。这正是我渴望的一种逃避。我会在黎明前起床，伴着日出喝杯咖啡，然后穿过公园，像个孩子要去参加自己最喜欢的活动一样。我告诉朋友们，滑冰使我快乐。

滑冰具有某些超越运动本身的东西：平衡、优雅、流畅，正是我想要拥有的生活方式。我时常想起父亲当年教我骑马和冲浪时讲过的人生道理。

"马儿总能知道你心里是否在害怕。"他告诉我，"这一点你是永远藏不住的，它能够感觉得到。你必须记住，马儿并不知道自己比你高大。它在等你发号施令。不过，要是它觉

漫长的告别
THE LONG GOODBYE

出你很害怕,它也会感到害怕和困惑。"

至于在大海里游泳和冲浪,他是这样说的:"要是你不能背对着海浪,相信自己游泳的实力,就会错过驾驭海浪的机会,从浪头背后掉下去,或是被它重重地拍倒在地。"

我的滑冰教练指出,只有在我害怕的时候,身体才会失去平衡。这就像父亲的声音盘旋在空中,通过别人之口回到了我的耳边。

今年冬天最大的一场暴风雪开始于深夜。睡梦中,我几乎能够感觉到正在飘落的大雪已经覆盖了整座城市。我从一个不断以各种形式和场景重复出现的梦境中醒了过来。梦境的主角只有一个:忠实地陪伴了我家十年的爱犬赛迪。它前年夏天死在我怀中。这个星期,它已经三次出现在我的梦中。我永远都不会忘却,它在死去的那一刻教会了我灵魂展翅高飞是什么感觉。它还教会了我道别,并在接下来的那几周教会了我如何哀悼。

慢慢地,我把它看作了一个可爱的精灵。它会在我最需要的时候来看望我,从永恒的阴影中振翅归来,提醒我死亡并不意味着结束,只是去了另一个地方。赛迪死后的几个月,

1995年12月
梦境

我有时会在半夜醒来，清晰地感觉到它跳上我的床。在我们彼此相伴的那段漫长的时光里，它时常会跳到我的床上。它知道自己不该这么做，却又觉得做了也无妨，反正也不会吵醒我，引起我的注意。我坐起身，确信自己会看到它蜷缩在床脚，却什么也没看见，于是惊醒，泪水夺眶而出——就像它死后那几个星期一样。这一切都在以温和的方式告诉我，哀悼的本质是什么。它没有起点或终点，也没有边界。它会起起落落，将我们改变。

连续三个晚上，在被我们称为梦境的神秘领域中，赛迪在拥挤的过道里回到我身边。它恢复了健康与活力，没有了死前的疼痛与虚弱。在其中的一个梦境中，它陪伴着我的母亲，紧紧挨在她身边，用小狗发觉人类受伤时的方式舔舐着她的脸庞，用鼻子磨蹭她。在另一个梦中，我们回到了我童年时位于加利福尼亚州的家。梦的细节在我醒来的那一刻便模糊了，但赛迪的存在却是那样清晰。

在梦境中再次离开它后，我在一个彻底变了模样的世界里醒了过来，感觉似乎再恰当不过了。窗外雪白一片，寒风刺骨，一片片雪花倾斜着飘过。我小时候时常抱怨洛杉矶不会下雪，而这是不对的，因为圣诞节就应该有雪。于是，父亲

漫长的告别
THE LONG GOODBYE

会把我裹得暖暖和和，为我讲述暴风雪与狂风的故事，将冬天带入我的想象中，改变了我的世界——至少是短暂的改变。

到了下午，暴风雪越来越猛烈。尽管暴风雪带来诸多不便，但可以鼓舞人心。大自然野蛮的一面让我想起维京人，想起面对狂风暴雨仍然艰难前行的强壮水手。

人人都在砥砺前行，尤其是那些上辈子有可能是维京人的纽约人。当城市被冬季的暴风雪包围时，大家还在固执地行走，有的不近人情，有的宽容大度，展现着人性最好与最坏的地方。陌生人会在别人的无视中帮助年迈的老人穿过容易滑倒的十字路口。哥伦布大道上的一个盲人大声喊道："有没有人带我去地铁站？"我在一个街区以外就听到了他的喊声。雪越下越大。人们从他的身旁匆忙走过。我知道自己会领着他穿过哥伦布大道，走到通往地铁的台阶。在他搀住我的手臂时，我注意到行人纷纷转过目光，低下头，仿佛并没有看到他，也没有听到他的呼喊。他们还要去为圣诞节进行采买，还有差事要办。人人都急匆匆地想要摆脱这份寒冷，回到家中。离开那个盲人时我心想，我会忘记他，回到节日的压力与混乱中；而他也会出现在另外一个街角，寻求别人的帮助。

1995年12月
梦境

暴风雪越来越猛烈，眼看就要让这座城市陷入瘫痪。不过这其实是不可能的，因为生活必须继续。这正是我日日存在的念头放大后的版本。父亲正逐步离我远去，终有一天撒手人寰。然而这个世界还在继续前进。它会暂时停下来默哀，但平凡的生活还是要继续。

我的一位洛杉矶的女友刚刚失去多年来一直患有阿尔茨海默病的母亲。她在我朋友家的客厅里弥留了几日才去世，身边围绕着亲人。当朋友告诉她一切都好，她可以走了，没有理由再留在这里忍受病痛的折磨时，她终于放手了。朋友在电话里为我讲述这个故事时，她的女儿正需要人帮她做功课，最年幼的孩子则吵着要吃的……我听到生活的声音一如往常，因为它必须如此。

另一位朋友的母亲最近得了中风。她的圣诞节将在照料母亲中度过，因为她雇用的护士在感恩节后辞职了。她的母亲已经半身不遂，却可以唱歌，因为歌唱能力的操控属于大脑的另外一个部分。

所有人都要顾及生活的责任与世俗的义务。我们还有工作要完成，有圣诞节礼物要采购，在流感肆虐的冬日得努力避免感冒，还要小心信用卡透支。我们会悲伤，会哭泣，却

漫长的告别
-
THE LONG GOODBYE

还要继续前进。

　　生活一直在向前,不过会以不同的方式延续。我们变得越来越安静,更容易陷入沉思。朋友打来电话时,时常会问我们是不是被吵醒了,因为我们的声音听上去既恍惚又冷漠。这很像一觉醒来的状态——电话响了,我们又回到这个世界继续生活,身体却有一部分仍然十分遥远。在曼哈顿的市中心,我们暂时停下脚步,抬头望向灿烂的日落或是一轮满月,知道自己应该在这种事情上花费一些时间,从更深的层次上接纳它们,因为我们明白这样一个道理:生命如此短暂,我们稍不留意,美好的东西就会与我们擦肩而过。看看自己所爱之人的时间变得越来越少,我们都明白了生命的短暂。什么疾病、什么原因都不重要,我们都在同样的情感网络中挣扎。那些看似势不可当的情绪害我们纷纷被缠住、被绊倒、被淹没。

　　也许梦境是帮助我们渡过难关的一种方式。潜意识会施展错综复杂的魔法,进入我们的脑海,趁着夜色来抚慰我们。近来,母亲总会梦到早年间与我父亲在一起的时光。那段年华在她的心里已成为永恒的存在。她告诉我,那些梦境栩栩如生,真实得仿佛时空穿梭。它们就是她的补药,是她躲避

1995年12月

梦境

如寒冬般逼近的未来时使用的一种方法。对我而言，有关赛迪的梦境也起着同样的作用。它提醒我，我曾在它离世时从痛苦深渊中活了下来——不光活了下来，还发生了改变，多了几分冷静，多了一点儿温柔，面对生活带来的惊喜少了几丝恐惧。

我饲养赛迪的十年中，父亲曾经和它相处过几次——次数不多。考虑到我长期坚决疏远父母，我猜这是可以理解的。我注意到，它会离开我，跑到父亲那里，蜷缩在他的脚边，更加确切地说，是蜷缩在他的双脚上。第一次，它回头看了看我，仿佛在说："对不起。我爱你，但我需要躺在他的脚上，紧挨着他。"

在某种程度上，它现在做着同样的事情——以精神的形式，化身来自世界另一边的信使。通过进入我的梦境，它在向我诉说，它会帮助他跨越通往阴阳两界的门。它就是那个纯洁的灵魂，在两个世界之间的漆黑水域中穿行，知道那会是一个更加平静的地方，一个能让疲惫的旅行者重整旗鼓、获得新生的地方。

母亲过去常说，每当有人在圣诞节期间受伤、生病或死

漫长的告别
THE LONG GOODBYE

亡,"似乎会令人更加难过,因为事情发生在圣诞节期间"。

眼下,我们就在经历一个悲哀的圣诞节。她正在布置房间,但这是一个孤独的、习惯性的仪式。我一直在脑海中回忆童年时的圣诞节。那时,季节的节拍是如此固定和可靠。

感恩节刚过,父亲就会在房子外面挂起圣诞彩灯。我跟着他四处转悠,举起一串串灯泡,递给站在梯子上的他。这个过程几乎要花费一整个下午的时间。到了吃晚饭的时候,彩色的灯光悬挂在房顶的边缘,预示着儿时的我们全年最期待的一个季节到来了。我们过去常会让人送一棵植绒的树过来。我想,出于火灾隐患的考虑,这种做法现在可能是违法的,但那时没人想到这一点。不过我认识的人中没有谁家的树着过火。我们会安排一个晚上,来装点圣诞树。一切家庭纷争都会在这个晚上烟消云散。有些储物盒或装饰品承载着记忆,是弟弟与我上幼儿园时制作的。它们都是些简单又粗糙的儿童作品,只不过是将一片片箔纸贴在了彩纸上。它们中有一部分竟然奇迹般地被保留了下来。在我们的家庭规模缩小以前的那些年间,祖父母会从亚利桑那州飞来小住几天,叔叔婶婶也会来与我们共度圣诞节。朋友们源源不断地前来串门,喝着蛋奶酒和雪莉酒。黄昏时分,房子里吵吵嚷嚷、

1995年12月

梦境

暖意融融、爱意浓浓,令人筋疲力尽却又乐在其中。

我和母亲承认,我们都担心这将是父亲的最后一个圣诞节。提到这个话题时,我们都小心翼翼、吞吞吐吐,十分含蓄。人都是分阶段学会谈论死亡的。我们也不例外。一开始你会觉得害羞、不自在,但随着时间的推移,便会放开胆子。浮出水面的情绪会唤起其他情感,比如内疚。当你第一次意识到自己开始将死亡视为解脱、开端而非结束时,当你展望未来,知道除了悲伤还有释然时,那种内疚会令你几近窒息。与他人分享这种感受是需要花费时间的,因为你以为这些感受是你独有的,因此觉得自己必然出了什么问题,内心冷漠无情。

于是我开始给母亲灌输这样的想法:眼下这一次也许是最艰难的时刻,父亲的离世会留下另一种痛苦,然而等待的过程也将就此结束,不知道境况将如何恶化的焦虑感也会随之消失。我们都希望父亲带着尊严离开这个世界。对于阿尔茨海默病来说,唯一的办法就是让死亡在终点线上将疾病打败。于是你开始重新思考死亡的神话,重新想象心目中典型的死神形象——被阴影笼罩的黑暗天使。我的脑海中出现了这样一幅画面,当母亲与我谈起死亡时,我们正在接近一位

漫长的告别
THE LONG GOODBYE

美丽的女子。不过我们还不确定自己是否应该发现她的美，于是只能试探性地轻声交谈。我们摸了摸她的衣边，感觉好多了，更平静了，心里某些深层的认识开始成形：深知死亡会给人带来各种各样的恐惧，慈爱的上帝难道不会派一位美丽善良的天使将某人接走吗？

在为假期打包行李的过程中，我开始考虑是否该多带些黑色的衣物，以防万一。父亲是个随遇而安的人，而我总是寻找水晶球和算命先生。最终，我找到了平衡——打包一套黑色的套装。我还考虑过带上冰鞋，在洛杉矶的某个地方寻找一座室内滑冰场，尽管我知道这是不现实的。但我一刻都不想停止滑冰，为行李中放不下冰鞋感到万分失望。我的脑海中出现了父亲乐呵呵地注视着我的画面，似乎还能听到他说些"即便不能去滑冰，你也可以保留那份感觉"之类的话。

我丢下冰鞋，离开了冰天雪地的冬日，飞往华氏七十度的加利福尼亚州，那个我仍旧认为不适合过圣诞节的地方。

1995年圣诞假期,洛杉矶

河流与牧场

河流就是我的父亲对人生的领悟。
到了生命终结的那一刻,它也会出现,将他带走。

漫长的告别
THE LONG GOODBYE

脱下冬衣，我换上短裤和 T 恤衫。动身前往父母家之前，我在海滩上走了很长一段路，在沙子上流连，看着绚烂的夕阳从天空中泻下。父亲是个有耐心的人，相信人们应该在日落时分停下脚步，因此我无法强迫自己离开，便在沙滩上坐下来，直到红色的余晖幻化成紫色。我央求上帝帮我让父亲离去得轻松一些，如同那壮观的日落。

佛教徒相信，在今生与来世之间，灵魂必须穿越一片漆黑的水体。他们会点亮明灯，帮助灵魂安全上路。我祈祷："教我如何为父亲点灯吧。"这样他就能带着积极的心态和平静的思绪离开了。

当我走进父母家时，父亲和我打了声招呼，仿佛几天前才刚刚见过我似的。时间会给阿尔茨海默病患者带来奇怪的影响，推动某些事情的发展，使其加速超过其他事情。偶尔

1995年圣诞假期，洛杉矶
河流与牧场

还会有大段的时间凭空消失。待在父亲身旁时，我会越来越努力地忘掉自己对于时间的概念，转而去关注他的时间。母亲正忙着进行圣诞节装饰。他和我待在书房里。这个时候开启一段对话会很尴尬，因为我无论提出什么话题，都永远无法确认他是否可以参与进来。

"爸爸，我开始滑冰了。"我告诉他。

"哦。"他面露喜色，"滑得怎么样？"

"很好。我还不是很擅长，才刚刚起步，不过我真的很喜欢滑冰。"

"我过去经常滑冰。"他开口答道。我听得出来，他的声音很放松，变得更加肯定了，在记忆仍旧鲜活的那个领域感觉十分自在。"小时候，我每年冬天都会去滑冰。那是伊利诺伊州的迪克逊，在罗克河上。那条河大约有两个街区那么宽，一直穿过镇子。冬天的时候我们就会在河上滑冰。"

"你滑得好吗？"其实答案我已经知道了。父亲天生就是当运动员的料，做什么都既轻松又自信。

"是的。"他回答，"我滑得很好。"

"真希望你能教教我。"

他的眼神中闪过一丝疑惑，紧接着开口问道："我们没有

漫长的告别
THE LONG GOODBYE

一起滑过冰吗?"

"没有。"我告诉他,"滑冰在加利福尼亚州算不上什么热门项目。不过你教过我其他事情。比如骑马,在摔倒之后重新爬起来。你还教会我驾驭巨浪,不要害怕。"

他漫不经心地摇了摇头。"大海没什么好怕的。"他说。

"你有没有怕过什么东西?"

"哦,有些时候也会有点儿害怕,你懂的。"他模棱两可地指了指自己的心口,挥了挥手,仿佛恐惧偶尔会到访,却永远无法在那里生根。

"那种感觉就像是五脏六腑都在震颤,不过随后就消失了,对吗?"我问。

"没错,就是这样——它会过去的。"

"嗯,我还在努力,努力不去害怕。"我向他保证,泪水却夺眶而出。

"那条河很美。"他仍旧沉浸在回忆中,"你可以看到世间万物从上面流过。"

"比如季节?"

他点了点头。"夏天的时候,我们会在河里游泳,冬天就滑冰。"

1995年圣诞假期，洛杉矶

河流与牧场

一条流经他家乡的河流。我心想，所有的象征和比喻都与那条河流有关。回到那里能令他感到满足。在某种意义上，他从未离开过那里。河流是永恒不变的。它怀揣着秘密，激荡起波澜；它可以随着季节变换，用最诗意的方式，用色彩、质地与情绪来标记时间——在暴风雨怒不可遏的灰暗中咆哮，在漫漫夏日的湛蓝中平静流淌，到了冬天则会变成冰雪的游乐场。河流就是我的父亲对人生的领悟。到了生命终结的那一刻，它也会出现，将他带走。

我知道，这就是我开始学习滑冰的原因。坐在父母家的房子里，我已经开始想念滑冰了。它能让我以一种奇怪的远距离方式更加接近我的父亲，接近他从前的样子。他现在已经无法教导我了，但在我穿上冰鞋、走上冰面的那一刻，耳边却有一个声音在低语。他觉得我们肯定一起滑过冰，他肯定给我传授过滑冰的技巧。我想要对他说，你现在就是在教我。但我并没有说出口，唯恐这样的话令他感到困惑。

圣诞节的那天早上，在沿着沙滩散步的过程中，我再次对他提起滑冰的事情。身旁的自行车道上，几个脚踩轮滑鞋的人一闪而过。

"我敢打赌，你滑冰滑得很快，对不对？"我问他。

漫长的告别
THE LONG GOODBYE

"是啊。"他毫不犹豫地回答,"我滑得可好了,特别快。"

那一刻,我知道自己终有一天也能说出这样的话来。

眼前这个世界在父亲看来十分陌生,而且越来越陌生。我能从他注视路人的眼神中看出来,也能从他难为情的轻笑声中听出端倪。他会微微歪过头,茫然地耸耸肩。这个动作一直是他迷人的特质之一,是那种包含着"你又来了"意味的耸肩。不过他紧接着便会抬头望向飞翔的海鸥。我能看出,他的表情放松了。飞翔似乎是他能够理解的事情。我望着他注视着那些海鸥,不知道那一刻他的灵魂是否也在渴望飞翔。

我的哥哥迈克尔和家人,还有莫琳夫妇和孩子都来过圣诞节了。所有人都在努力假装自己一点儿也不难过。罗恩需要留在西雅图。有那么一刻,我以为父亲会问起他去了哪里,可他并没有提起,但我还是觉得这个问题会在他的脑海中闪现。

家人本来就是一群难以管理的"乌合之众",却要受制于连他们自己都无法彻底理解的联系。总有人会掉链子,把整件事情搞砸。虽然分居各地、各有各的要处理的事情,但那种联系一直都在,将我们彼此相连。圣诞节似乎能将一切放

1995年圣诞假期，洛杉矶

河流与牧场

大。它永远不可能平静，总会以这样或那样的方式给人留下深刻的印象。父亲的视角可能是最清晰的——罗恩也许人在西雅图，却并没有看上去那么遥远。

我送给父亲的圣诞礼物是罗伯特·瓦夫拉的影集《太阳之马》。图片中的马栩栩如生，从书页中流露出的眼神中蕴含着平静的尊严，能令任何一个懂马、爱马的人都忍不住被它吸引。父亲像我希望的那样沉浸在了这本影集中。我只想知道它唤起了他心中哪些回忆，因为他的表情和我们过去在牧场上骑行、做着他热爱的事情时一样平静。他仿佛正沿着小径与山坡骑马，为人类与动物的神奇交融感到欢欣鼓舞。

自从去年春天，在时隔二十五年后再回到我家的老牧场之后，我就一直梦到它，渴望能再回去。去年春天那次回访牧场是为了给某一个娱乐节目拍摄向父亲节致敬的影片。与我同行的还有其他同事，所以尽管身处自己童年最珍爱的地方之一，我却无法真正沉浸在这段体验中。我是多么渴望沉迷其中呀！

圣诞节后的第二天，黎明刚过，我便驾车出发了。刚一驶入熟悉的群山怀抱中，我就想起了清晨的寒气是如何久久

漫长的告别
THE LONG GOODBYE

不会散去，太阳又是如何缓慢地温暖着大地。很多地方看起来还是老样子——牧场属于公园系统的一部分，所以一直未被开发，不过围栏已经消失了。附近的几座牧场已经换了模样。

加利福尼亚州今年少雨，田野呈现出一片湿灰色。鸭子池塘已经干涸，一摊水都没有留下，无法表明那里本该有一方池塘。从小到大，我经历过旱年，以前肯定见到过这种情况，但记忆中却是一片苍翠繁茂的美景，或是夏日中金黄炙热的阳光。沿着穿过牧场核心区域的主道走去，我的记忆固执地站在周围的土地旁边，让我无法确定它和现实哪一个才更真实。

我需要回到这座牧场，重新触碰曾经拥有的生活。这里的日子漫长而缓慢，仿佛世界上其他地方都天高路远、微不足道。那个时候，世界还没有用一种独特的方式将我的父亲占有——从政对人的一生来说是予取予求的，还会定义他们。小时候居住在牧场上，我的生活充斥着骑马、游泳和徒步旅行。父亲会清理灌木，铺设新的小路，用电话线杆搭建马术障碍。母亲则会从牧场小屋的篱笆旁盛放的花丛中抱回满满一捧紫丁香。尽管我知道谷仓里有一部电话，却不记得

1995年圣诞假期，洛杉矶

河流与牧场

电话铃响的声音，因为它主要是给兽医或铁匠打电话时用的。那些日子里，父亲就是我的老师。我学会如何上马背，学会如何坐上正规的英式马鞍。一切再也不会那样单纯，世界再也不会那么遥远。

我们在牧场房子周围种下的小松树如今已经高耸入云。房子不见了，我也遍寻不到丁香花丛。在牧场里的这个地方，我很难找到方向。但其余的开阔土地却是我年轻时的地图。记忆中，就在小路的一个转弯处，总会有牛群在它们喜欢的树下徘徊。我找到了通往我最喜欢的山顶的那条小路——过去，我们时常骑马飞奔上山。多年后的这个清晨，我步行上山，依旧能够听到马蹄的声响，看到父亲在我眼前俯身向前，放任身下的马儿驰骋。

成为加利福尼亚州州长后，他有些日子还是骑在马背上度过的，只不过是在不同的牧场上——其中一座位于萨克拉门托，我一直不太喜欢它。后来，他又去了圣巴巴拉的一座牧场，那里有一种特殊的魔力。不过日子已经与以前大不相同了，因为当时的他属于自己选择的工作，属于他的选民，不能再将世界抛到九霄云外了。我想要回到那片承载着我最初记忆的土地，找回那些飞逝的时光。

漫长的告别
THE LONG GOODBYE

待在洛杉矶的最后一晚，准备离开父母家之前，我跪在父亲的椅子旁，告诉他我明天不会来看他了，一早就要回纽约。我发现他直直地盯着我。我说道："爸爸，我想让你知道，无论你发生了什么，我们都会没事的。我会照顾好妈妈——她会没事的。"

那天早些时候，母亲与我一致同意，他可能需要听到我们俩中的一人把这句话说给他听，这样才能平静地离开。我知道这对母亲来说格外艰难，便把任务揽了下来。

"好的。"他回答，可眼神里还蕴藏着更多的含义。它们在告诉我，他明白，我试图表达的一切他都明白。

第二天一早，我坐上飞机，不知道能否再见到他。他曾经给我讲过他最后一次见到自己父亲的场景。在某种不祥预感的促使下，他拥抱着与他告别，而不是像平常那样握了握他的手。他的预感是对的。没过多久，他的父亲就去世了，两人再也没有见过面。

父亲的口袋里总是揣着"幸运硬币"。其中一枚硬币上写着"放手吧，让上帝来接手"。离开洛杉矶时，我的脑海里一直回想着那枚硬币的样子，将它放进内心的口袋，提醒自己如何应对人生的巨大转折。

1995年圣诞假期，洛杉矶

河流与牧场

当飞机载着我回家——回到快节奏下的冬日纽约途中，我俯瞰着脚下飞过的土地，望向成簇的城市建筑群、宽广辽阔的沙漠，还有红岩峡谷和远处被白雪覆盖的山峰。我不知道父亲是何时爱上这个国家的。他是否也曾在飞跃美国的途中突然有股抑制不住的情感涌上心头，从而永远改变了他的人生？

我们多数人和这个被称为"祖国"的国家都没有那么密切的关系。我们的情感是周期性的，变化无常，丰富多彩。被这个国家所代表的东西惹恼时，我们有过愤怒，有过冷漠。我们的忠诚始终如一，但并不强烈。父亲深爱着美国。有时国歌能令他感动流泪。虽然我还是无法完全理解，但我已经逐渐意识到这一点。

成年后，在我们的同龄人、同学被送去越南时，我和许多人都曾对这个国家满怀怒火。曾经和我同校的一个男孩加入海军陆战队，回来时身体无恙，精神却受到了损害。我仍旧保留着他的来信。它们记录了他的灵魂遭受的屠戮。

我还为美国多年来一直霸占着我的父亲感到愤怒——先是让他成为州长，后来又让他成为总统。当整个国家，有时是整个世界都需要父亲的关注时，我怎么才能占有他的时间

漫长的告别
THE LONG GOODBYE

呢？至少这是我当时的看法。我想象美国对我说："对不起，他是属于我的，你必须靠边站。"父亲当选总统时，我曾经有过一个稍纵即逝的念头，谁也不能阻止我搬到瑞士，更改国籍。我不是在生父亲的气，而是对美国怒不可遏。

如今，这个曾令我如此愤怒的国家正依偎在我的家人身边，静静等待着大家都知道终将到来的那一刻——父亲停止呼吸的那一刻。他把美国带上了这段痛苦的私人旅程，仿佛她也是我们家庭的一员。他为她亲笔书写了一封信，分享自己对未来的想法与期许，然后优雅地鞠躬退出，别无他求。这个国家了解我们的经历，为我提供了支持。如果没有这样的陪伴，寂寞将令人无法忍受。美国似乎不再是一个强大的对手。她就在那里，包裹着我们，在等待中分享我们的悲哀。

回到纽约的第一个早上，奇怪的事情发生了。我穿过公园来到滑冰场，刚一踏上冰面，就发现自己已经不再害怕了。我的平衡好多了，动作更加利落、优雅，身体感觉到了运动带来的变化之美。正是为了这种感觉，人们才会在寒冷的早晨出门滑冰，直到脚趾都已麻木。那一个小时里，我欣喜若狂，仿佛自己正身处小镇的河流上。那里的孩子一到天气变冷时，就会从床底下抽出冰鞋，长时间地在河上滑冰嬉戏。

1995 年圣诞假期，洛杉矶
河流与牧场

在这段短暂的时间里，真实的世界已经离我而去。我不在曼哈顿，现在也不是 1996 年，而是一段更加甜蜜、更加年轻的时光。

1996年1月

阴沉的世界

> 我们又回到了原点,当死神降临时,
> 父母还是我们的父母,与我们出生时一样。

漫长的告别
THE LONG GOODBYE

父亲这两日一直断断续续感觉不太舒服。医生来过，但我们都心知肚明，这已经超出了医学的范畴。他的身体正在回应灵魂想要离开的愿望，已然精疲力竭。这我们也知道。就连医生都告诉我的母亲，父亲可能是为了她才留下来的。我曾经暗示过她，她心头那份沉甸甸的感觉实际上是一种责任。要是他为了她而留下，那她就要肩负起这项艰巨的责任，引导自己的心放他离开。

我曾经想过，他有可能会在我回家休假时离世——当时的直觉告诉我，那一刻已经近在眼前。可事情显然并非注定如此。我现在觉得，我其实不应该在场。父亲的离世应该是只属于他和我母亲的经历，是一段私密的旅途，只属于这两个身心都紧密相连的人，分别的那一刻并不需要外人在场。

对我们而言，每个人最终都是独一无二的。我们的父

1996年1月
-
阴沉的世界

母也不例外。在人生的旅途中,我们也许会赋予他们其他角色——朋友、敌人甚至是对手,可当最后的时刻到来,面临从未体会过的分离,我们只能对自己的父母说再见。我们放开的是他们的手,而在他们的逝去将我们重新定义之前,我们还在寻找的也是他们的手。我们又回到了原点,当死神降临时,父母还是我们的父母,与我们出生时一样。

母亲正在失去她的灵魂伴侣。离别有着属于自己的言语和深度。它错综复杂、神秘莫测,既能让一颗心支离破碎,又能重塑它。人生的旅途中没有什么东西能够与其较量。

"你是没有办法为此做好准备的。"最近,我在她再次经历情绪的起伏时告诉她,"你以前从来没有经历过这种事情。"

"不,我经历过。"她反驳道,"先是在我的父亲身上,然后是我的母亲。"

"这不一样。"我提醒她。

知道某人大去之期将近是种奇怪的感觉,其中蕴含着一种沉着,一种宁静。你会完全屈服于等待,日日徘徊在生活的边缘,头脑却突然奇迹般地十分清醒。不仅我这样认为,别人也曾说过这种事情。

漫长的告别
THE LONG GOODBYE

　　我想象电话会在半夜或黎明之前响起，不知道自己是否会在铃响之前突然醒来。我会不会因为某种一闪而过的直觉从睡梦中惊醒？某些夜晚，我的确会突然惊醒，思绪跨越大陆，奔向我的父母。躺在床上，我辗转反侧，等待着铃响，担心那通电话总有一天会打来。

　　昨天，我不小心碰掉了桌上的一只玻璃小青蛙。那是父亲多年前送给我的。在我不记得的某种宗教或文化里，青蛙被视为吉祥之物。我拾起小青蛙，在感恩它没有被摔碎的同时心想，也许就是这一刻了。我能想象，在父亲送给我的礼物掉落在地板上的那一刻，他的灵魂正向天堂飞去。

　　今早滑冰时，有个瞬间万籁俱寂，停顿在某个神秘事物的边缘，仿佛全世界都屏住了呼吸。冰场上通常十分安静，因为滑冰的人都沉浸在自己的思绪和动作中，即便有话要说，也会轻声细语。但是这一刻不一样，是不同于往日的安静。结果，一切只不过是暂时的平静，平淡无奇。或许这只是我的想象。

　　我想知道父亲去世的那一天天色如何。事情发生时，天空会是冰冷的银色，还是阳光灿烂？天色会突然改变吗？云朵会不会一掠而过，或是分散开来，仿佛是在迎接他的灵魂？

　　1981年1月，父亲宣誓就任总统那天，天空灰蒙蒙的，

1996年1月
阴沉的世界

直到他站上去讲话,一束阳光划破乌云,如同探照灯般照在他身上。等他讲完话,天空再一次闭合,恢复了之前的阴沉。父亲中枪时,麦克·迪弗一夜没睡——那个漫长而又可怕的夜晚,大雨下个没完没了。黎明时分,白宫上空出现了一道彩虹。麦克及时用相机抓拍到了这一幕。母亲仍旧保留着那张照片。在我父亲人生中充满戏剧性的时刻,天空似乎都会以某种方式做出回应,发生改变。我不知道他继续上路的那一刻会是什么样子,于是这些日子总是密切关注着天色。

近来的天气阴晴不定,像是下不了决心似的,冷得刺骨。不过今天的气温开始稳步上升。行走的路人纷纷脱掉了手套和帽子。积雪正在融化,引发了水患,在十字路口流成了小河。中午,狂风夹杂着暴雨在我的窗外咆哮。我穿着运动裤和父亲的衬衫待在家里写作。休假时,我问母亲要来了这一件衣服,也许是想起他遭人枪击那晚,他浑身插满管子躺在医院里,处在机警的护士严密的监视下,当时母亲就穿着他的衣服。她给了我两件精致的白衬衫,上面还绣着他的花押字。灰线绣成的"RWR"字样正好位于我左边心脏的下方,颜色和外面的天色一样。如今,万事万物看起来都别有意义——一个征兆,一个承诺,车轮的一次缓慢转动。你

漫长的告别
THE LONG GOODBYE

可以走了,我一直在祈祷中告诉父亲。这样的挣扎太过艰难,会将灵魂撕碎。痛楚温柔地萦绕在我们心头,害我们在夜里惊醒,凝视着黑暗,却什么也听不到,于是一直在等待什么。

睡不着的时候,我就会祈祷。有些祈祷是我直接说给父亲听的,确信在睡前那段安静的时间里,沟通的渠道是打开的。他能听到我说的话。精神疗法家和某些心理学家相信,睡前的大脑处于最强大的状态,思潮毫无杂念,不受阻碍。我想象自己的祈祷能够跨越整个国家,跨越时区和风暴路径,在梦境到来前的空间里找到我的父亲。

我告诉他,想想海鸥吧,想想它们的飞翔,想想蓝色天空中那些白色的身影,想想你在"挑战者号"灾难后安抚国家的那句话——《高飞》诗中的句子:它们"挣脱了大地的粗暴束缚",触摸到了上帝的脸庞。

这就是我想象中你仰望天空、眼神变得柔和而迷离时的样子。你会看到上帝的脸庞——充满了光明和耐心,比地球上任何事物都更美丽。然后我们将你拽了回来,提醒你"粗暴的束缚"仍旧禁锢着你。有时候只是一个问题,平凡得类似"你午饭想吃什么",或是"你想不想出去散步",这都无所谓——我们打断了你的交流,让你退了回来;你的眼神变

1996年1月

阴沉的世界

了,世界还在隆隆作响中前进。

世界是阴沉的——诗人选择了一个多么完美的词语。它挣扎着前进,深陷不幸,沉迷于内心最黑暗的愿望,越变越糟。你过去常对我说,这个世界就是如此。你还告诉过我,耶稣的复活会发生在世界最黑暗的时刻。这不是什么吓人的故事,从你的口中讲出来时不是的。你把它变成了富于冒险的神话。一个误入歧途的世界,愚蠢得找不到逃离阴影的方法,却吝啬得不想去尝试。紧接着,一个人——耶稣——复活了,于是地球和地球上的每一个人都将被改变。我曾经很喜欢那个故事,总是要你讲给我听,有时是在睡前,因为我想要梦到那个画面。有一次,我因为无法忍受大卫·路易斯总是在学校里欺负我,于是假装生病。那一天,我也曾央求你给我讲这个故事。你知道我不是真的生病,坐在床边告诉我不要在意那些恶霸,从他们身边径直走过去就好,把那些人都当成空气。于是我要你讲《基督复临》的故事,想要再次听到一个不存在卑鄙的世界(没有大卫·路易斯的世界,是他让我明白什么是卑鄙)。第二天我回到学校,确信耶稣某一天会回来。到了那个时候,就连大卫·路易斯都会变得友好起来。在那之前,我不用看他。他再也没有烦过我。

漫长的告别
THE LONG GOODBYE

不过，我有个秘密瞒着你——我也想过，复活过来的耶稣会成为我的男朋友。我会要你给我讲故事，放任我天马行空地想象，悄悄沉溺在自己的幻想中。直到有一天，我终于告诉了你。

"我觉得他会回来娶我。"我说。

你并没有停下手中的事情，开口答道："他很忙。整个世界都在等着他去拯救呢。"

但你并没有说不。我一直把这看作爱有多伟大的表现之一。你让我的心有了幻想的空间，允许我做个不切实际的少女。你允许我展望未来，去看我想要看到的景象。

现在我想要回报这份爱，这份姿态，这份甜蜜的礼物。我不想把你拽回这个星球，让你回到这个苍凉的世界。我想让你望向天空，继续迈开脚步。我知道上帝的脸庞正在等待，用我们所有人都渴望去触碰的爱注视着你。虽然我们还没有准备好去见证这一幕，但是你已经准备好了。

我猜这就是爱的最终归宿——愿意放手让某人离开，放他去追寻自己的梦境与幻想，或是进入另一个王国。

我会记住你望向天空的样子，记住你用眼神画下的地图，标记出的路径。这条天国之路将挣脱束缚我们的纽带。

1996年2月,洛杉矶

苦涩的甜蜜

全世界都清楚我们的处境,
但我们还是要在父亲的身边拉上一层保护网,
维护他和我们的尊严与隐私。

漫长的告别
THE LONG GOODBYE

我只带了一只小小的随身行李箱，足够两天一夜的行程。这趟旅行正好能让人体验时差的差别。飞机降落时，我甚至不知道，自己是否还要费心地把手表拨慢三小时，但最终还是拨了。

那是我父亲八十五岁生日的前一天。黄昏时分，在离开海滩去看父母时，我脑海中闪过了罗比·罗伯逊老歌中的歌词："不要在黄昏时分将我一个人丢下。黄昏是一天中最孤寂的时分。"我的家庭现在的经历就是一种孤独，一种寂寞。全世界都清楚我们的处境，但我们还是要在父亲的身边拉上一层保护网，维护他和我们的尊严与隐私。这个世界可以知道，但是不能看到。

母亲告诉我，她总是梦到牧场——不是我儿时生活过的那座牧场，而是他们现在在圣巴巴拉北部拥有的那一座。她

1996年2月，洛杉矶

苦涩的甜蜜

说："我梦到咱们过去常在那里度过的周末——骑马、坐在壁炉旁边——就像以前一样，和一切正常时一样。"

贝莱尔的山丘笼罩在浓绿的阴影中。驶离日落大道的途中，它似乎在我的周围重叠了起来。我想到了接下来的两个夜晚。父亲的生日将有两场庆典——一场是在2月里这个暮色苍茫的夜晚和家人私下庆祝，一场是周二晚上的公开庆祝。

我走进父母家的房子时，父亲正在小书房里，坐在他最爱的椅子上。那是小书房里最舒服的一把椅子，椅垫厚厚的，面对着电视。我不记得自己小时候父亲有过最喜欢的椅子，不过我挺喜欢他现在能有一把。这种感觉非常古雅，如同慈父一般，像是故事书里的画面。我走进房间时，他站起身，因为他的母亲教他要有绅士风度。我已经不会试图阻止他了。这是他与生俱来的气度。一位女性走进房间，他就要站起身来。

我发现自己满心希望他的生日能像今晚一样，只在家中静静地庆祝，第二天晚上的活动令我深感困惑，已然成了我身后拖着的沉重负担。蔡森餐厅是好莱坞名流经常出没的地方。我的父母就是在这里的无数次晚餐中坠入爱河的。为了给我的父亲举办盛大的生日派对，餐厅重新开业，但我的父亲肯定无法参加。餐厅去年关门，原计划拆除后建成一座购

漫长的告别
THE LONG GOODBYE

物中心。但是周围的住户反对再建一座购物中心的主张，于是它被原封不动地钉上木板，留下了昔日里光彩夺目的倩影。餐厅重新开张显然也与鲁伯特·默多克有关。正是他说服了餐厅老板，在那里举行我父亲的生日庆典。

几个星期以来，我一直在为这个活动烦恼，想在生日庆典和悲哀之情间寻找某个平衡点。随着父亲的生命日渐逝去，这份悲哀一直萦绕在我们心头。我不知道该如何为一个身体不适、无法到场的人庆祝生日，内心一点儿也不感觉喜庆，反而仿佛失去了平衡，满是困惑。飞进飞出洛杉矶的速度快得让我总是停留在错误的时区里，和我起伏不定的思想状态一样。

动身前往加利福尼亚州前的几个晚上，我会爬上公寓的楼顶花园，把自己裹得严严实实，抵御严寒，恳求星星给我一个答案。我该如何应对？我一直在思考，却只能想到"苦涩的甜蜜"这个词，用它为这个夜晚贴上一个标签。这个词既不会泄露太多的信息，又能保有某种尊严，某种温柔的坚忍；既暗示了眼泪，又能将它们好好隐藏起来。我只能做到这么多了。

为了这场小小的生日晚宴，母亲在餐桌上点起了蜡烛。

1996年2月，洛杉矶

苦涩的甜蜜

桌上还摆放着贺卡和蛋糕。父亲礼貌地对生日祝福表示了感谢，但我怀疑他心里多多少少有些冷漠。他变了，内心深处某个坚定的部分变了，仿佛解决了什么棘手的问题，选定了一个答案，做出了一个决定。他的身上有什么地方轻快了不少。我永远也不会知道，但我觉得他已经断定，离开的时间迫近了，心态随之平静、轻松了许多。

坐在餐桌旁，莫琳指向窗外高悬在城市上空的月亮。一轮满月，黄得几乎呈琥珀色，正在晴朗的夜空中缓缓升起。我们离开餐桌，走到室外，就像被它拉着似的。

"爸爸，月亮也升起来为你祝寿了。"莫琳说。

我望着父母挽着彼此的手臂站在那里。父亲朝我使了个眼色。一个悲哀的念头从我的脑海中一闪而过。他永远也无法像我这些年目睹他的爱情那样，看到我恋爱的样子了。他永远也无法像我享受他的幸福那样，沉浸在我的幸福中。我孤身一人生活在他看来一定非常奇怪。近来，我也曾和某人短暂约会过一段时间。不过那段关系在月圆之前就结束了。我知道它永远也无法发展成我父母那样的爱情。如今的我被宠坏了，什么都不想要。

伴随着明月升空，从琥珀色幻化为白色，我们怔怔地

漫长的告别
THE LONG GOODBYE

站在那里。迄今为止的人生让我的心隐隐作痛。要是我能早点儿摆脱叛逆的自己，坠入爱河就好了——深深地坠入爱河——生育一个能被我父亲抱在臂弯里的孩子。爱情、母亲——这些事情还是有可能发生的，可他无法见证这一切了。

星期二那天的天色灰蒙蒙的，雾气弥漫，至少在我花了大半个下午待着的海滩上是这样的。母亲忙于约会，父亲去打高尔夫球了。我后来才知道，高尔夫球场上一直有架拍照直升机在盘旋。

我一早就要赶去蔡森餐厅，和莫琳一起出镜《拉里·金现场秀》节目。整整一个小时的节目都是围绕我父亲的生日展开的，会播放各界人士现场或录播的致辞。我十分感谢拉里·金所做的一切，却还是深陷某种矛盾的情绪中。毕竟这是一场私密的考验，我们却还是要参与如此盛大的公众活动。

我先是回了父母家一趟。第二天一早，我就要乘飞机离开了，想再看一看父亲，顺便在不得不走向当晚的媒体聚光灯前再看看母亲。走进家门，我听到了男人们争辩的声音。我的父母正坐在小书房的电视机前观看《交锋》节目。节目的参与者正在讨论"里根革命""里根经济""里根遗产"。我

1996年2月，洛杉矶

苦涩的甜蜜

连这些参与者是谁都说不出来，因为注意力已经完全集中在了父亲身上。我满耳都是他的名字——进攻的一方来势汹汹，防守的一方也毫不示弱，声音一个高过一个，仿佛这就是参与《交锋》节目的先决条件。我仔细端详着他的脸。他的眼睛中似乎透露着被逗乐的神情，让人差点儿以为他又要重复与卡特辩论时的那句名言："你又来了。"

我心想，原来他什么都明白。他聆听着有关自己的讨论，往往还乐在其中。他对自己的外表、观念和对美国的展望，永远都充满自信。你可能质疑他的观念，不赞同他对美国的展望，却还是会被他谦逊、从容的生活态度吸引。这是很有感染力的。你会发现自己也能被他的平静安抚。即便是在此刻，聆听着那些聒噪的人用如此不文明的方式你争我吵、打断对方，他还是镇定自若。他永远都不会像这些人那样，只会饶有兴趣地看着他们。他可不会用尖酸刻薄、令人不悦的言语中伤别人。

汤姆·布罗考讲述了自己在一次采访中拷问我父亲的故事。他提了几个尖锐的问题，丝毫不打算放过他，准备使出记者的必杀技。他确信，就算是镇定自若的罗纳德·里根，也会在压力下崩溃。然而，在他们停机更换录像带时，我的

漫长的告别
THE LONG GOODBYE

父亲却伸开双腿，看了看自己的鞋子，说他以后得找时间把它们擦干净。重新录制的过程中，对这个一直彬彬有礼地面对他拷问的男人，汤姆不知怎么回事，有些自责。

《交锋》节目结束后，我就得赶去蔡森餐厅了。我和父亲道了别，说我爱他。他凝视我双眼的时间比平日更久一些。"我也爱你。"他说，"真的。"他竟然会用一句"真的"表示强调，真是奇怪。我心里有一部分宁愿一整晚都陪在他的身旁。

蔡森给人的感觉就像是一家刚刚开门的餐厅，了无生机。空气中飘散着一种污浊的气味。我不想从正门入口处排着的所有媒体面前经过，于是被带进厨房。莫琳已经到了。她注意到我的双眼透露出的神情。我长着一张什么都瞒不住的脸，永远都打不了扑克。

"出什么事了？"她问，"你可以告诉我——你现在有个可以倾诉的姐姐了。"

我把自己对于这个夜晚五味杂陈的感受告诉了她。她的回答反映了她通常面对挑战时的务实态度。她告诉我，我们是受邀代表整个家庭的，为了做到这一点，就必须找到我们

1996年2月，洛杉矶
苦涩的甜蜜

所需的平衡。可我的脑海中一直萦绕着她说的第一句话："你现在有个可以倾诉的姐姐了……"我久久回味着这句话，在零星的回忆中搜寻，发现我们彼此缺席的时间比相聚更多。我们不是在同一个家庭里长大的。她和她的母亲简·怀曼生活在一起，偶尔会来看看我们。我们从来没有在早餐时比过谁能先冲到餐桌旁，也没有为谁该去喂狗发生过争吵，或是闯入过对方的房间、不问一句就借走对方的东西。她是个会来过圣诞节的人，在我还是少女时就搬去东部结了婚，后来又离了婚。她的存在更多地体现在书信、快讯和照片中。在我与母亲长达数十年、令人沮丧的战争中，莫琳和家里其他人一样，退缩得更远了。这是一种自我保护，因为战场太过混乱。直到1994年的圣诞节，我们已经九年没有见过面了。

我和她都戴上了《拉里·金现场秀》的直播耳机。这是一档卫星节目。父亲能够看到我们，但我们只能在耳机里听到他的声音，通过麦克风与他通话。这样的场面莫琳与我各自都经历过无数次，却从未一起做过，从未以姐妹的身份一起做过。过了大半辈子，在与父亲的怪病带来的阴影对抗的过程中，在与步步逼近的死神抗争的过程中，我们才开始逐渐了解对方。

漫长的告别
THE LONG GOODBYE

我们是两个如此迥异的个体。这话听起来显而易见，却是我以前从未考虑过的。采访的过程中有许多划清界限的方式。人们总是在屡次遭到无情的侵犯后才能明白，什么方式是对自己行之有效的。你可以微笑，调动自己的眼神，以某种方式终结一个句子。这些方法十分微妙，却往往非常奏效。采访中，莫琳用欢快的语气在我们的公共生活与私人生活之间划清了界限。她会从积极的角度讲述故事，笑容中却透露出"点到为止"的含义。我放任眼神流露着内心复杂的情感，相信悲哀的神情也能划出一条界线。我们都做到了自己被要求做到的事情，只不过方法不同，措辞不同。

在拉里·金问及父亲的健康状况时，莫琳回答："他很好。这个病非常可怕，不过他很好。"句子到此为止，回复到此为止，即便她在微笑，也别再多问什么。

他问我："你对今晚感觉如何？"我回答："这是一个苦乐参半的活动。我们是来为我父亲庆祝生日的，但他显然无法出席，所以也不是那么喜庆。"我没有微笑，眼神流露出"你只能得到这么多了，别再强求更多"的含义。

他没有进一步逼问我们。

透过耳机，我能听到其他人在评论我的父亲，表达敬意：

1996年2月,洛杉矶

苦涩的甜蜜

罗恩、迈克尔、卡特总统、巴里·戈德华特、莱斯利·斯塔尔、汤姆·布罗考……名单令人印象深刻。还有帕特·布坎南和鲍勃·多尔(我必须把他们和其他人分开)。我听得出来,他们赞美我父亲是为了赞美自己——在总统竞选的角逐中利用他,紧紧拽住他的衣襟。据两人所说,他们都继承了罗纳德·里根的思想,会尊重他遗留下的一切。对我而言,这两人是在他无法自辩时利用他的遗产,服务于自己的目标。

我努力面不改色,隐去一切显见的表情,因为相机随时都有可能再次对准我。在这样一个被人利用的时刻,我不仅想要捍卫父亲这个人,还想捍卫他的意识形态,一种我并不认同且直到今晚为止至少被两个男人歪曲和误解过的意识形态——这是多么讽刺啊。我知道,要是他没有生病,还是不会同意我的政治观点,但也不会认同他们。

没过多久,燕尾服俱乐部的第三位成员就走了进来。从看到纽特·金瑞奇走进蔡森餐厅的那一刻,我就意识到他也要坐到我们这个卡座里来,参与《拉里·金现场秀》的录制。我对莫琳低语道:"哦,天哪,他要坐到我们这里来了。上帝今晚真是在考验我呀。"现代科技又给我上了一课——我应该记住,夹式麦克风能够捕捉到窃窃私语。两天后,我的话

漫长的告别

THE LONG GOODBYE

就登上了《华盛顿邮报》的八卦专栏，紧接着又出现在《新闻周刊》和《纽约》杂志上。

如果上帝真的要考验我——我是这么认为的，因为根据一个朋友的理论，上帝是有幽默感的——那么他可能也下定了决心，要教我些什么。因为在我们三人同处一个卡座的短暂时间里，纽特·金瑞奇似乎是个随和的好人，十分理解这对我来说是个棘手的任务——把身体不适、无法出席的父亲留在家里，在镜头前庆祝他的生日。我发现自己暂时把政治立场放到了一边，认为他可能就是那种喜欢喝杯啤酒、放松一下的普通人。不过，当他对着镜头自诩是"里根革命"的继承者时，那种亲切感瞬间烟消云散。

沉浸在自己可以畅所欲言的幻想中，我觉得自己不记得父亲曾像金瑞奇先生那样，建议把子女从依靠福利过活的母亲身边带走。

采访过后，我趁着鸡尾酒会时间在蔡森餐厅四处走动，观察这个稍微有些怪诞的夜晚。无意中听说我的母亲到了，我开始到处搜寻她的身影。餐厅周围摆放的照片记录了我的父母境况较为轻松的时刻。他们微笑着依偎在一起的合影多

1996年2月，洛杉矶

苦涩的甜蜜

得令人感到难以置信。我想她应该不愿看到这些照片，生怕它们会惹自己落泪。我看到，她正被一大群人包围着。大家都想和她握手，说些鼓励的话，聊上几句。这个画面让我想起了一位大使，被派往遭遇剧变、损失惨重却仍旧需要大使的国家。在此之前，她一直是和父亲同时出现的，如今却孤零零地站在那里与人握手、致谢。那些人中有些是她十分熟悉的，有些却根本就不认识。就我们的经历来看，这是一桩很少有人能够理解的婚姻。我自己曾经有过一段五年的婚姻。即便是在夫妻关系紧张起来之前，我的婚姻也不曾像我父母的那样紧密。他们相互依靠，从来没有停止过赞美对方，并且发自内心地喜欢待在一起。和我母亲同龄的一个朋友对我说过："我结过两次婚，和两任丈夫都没有那么亲密。"

这种爱情剧本只有莎士比亚才能写出来。诗人、音乐家、小说家也曾极力描述它。我们都对它有所耳闻，自身的经历却总是与它相差甚远，让冷嘲热讽占了上风。"那样很好，只不过……"是最常见的反应。然而我的父母就拥有这样的爱情。儿时的我总觉得自己被他们的关系排斥在外，成年后反而对它深深迷恋。不过我从未停止过对它心存困惑。

在蔡森餐厅里闲逛时，我感觉这里仿佛融合了三种派对：

漫长的告别
THE LONG GOODBYE

政治集会（皮特·威尔逊加入的就是这一部分，科林·鲍威尔也一样）、好莱坞聚会（你能听到许多业内评论，有关电影业的消息），还有我父母友人的聚会——他们到这里只有一个目的，那就是庆祝我父亲的生日。

为了这场晚宴，蔡森餐厅的停车场上搭起了帐篷和舞台，舞台的背景是我父亲的巨幅照片。我本以为那张照片会让我难过，实际却并非如此。我觉得，这就是他想让我看到的——他曾经过着怎样的生活呀！照片是在几年前的一场国宴上拍摄的。他手举香槟，微笑着向所有人敬酒，还歪着脑袋，眼睛像往常一样闪烁着光芒。尽管我们不愿看他离开，但年满八十五岁的他已经度过了丰富多彩的人生，正走向一个美好的结尾。听到这话，他会笑着说，天下没有不散的筵席。

晚宴开始前，我走向正坐在我母亲身边的纽特·金瑞奇，蹲在他的椅子旁说："我想跟你说件事情。虽然我讨厌你的政治观点，却很享受刚才与你相处的那几分钟。我觉得你很体贴，知道今晚对于我的家庭来说有多艰难。"

我看得出来，"讨厌"这个词让他的眼中闪过一道亮光。这并不是我顺口挑选的措辞，许多人对他都有这种感觉。听完我剩下的话，他告诉我："我只是作为一个人来回报你。"

1996年2月，洛杉矶
苦涩的甜蜜

"哦，我知道。打动我的正是这一点。你懂的，这就是这个国家、这个世界将要发生的改变——这种改变来自人们用心做出的回应。政治是无法改变美国的。"

"这一点我同意。"他回答。

感觉自己已为上帝、为国家尽了自己的一份力，我坐回桌子的另一边，看着这个夜晚余下的部分慢慢拉开帷幕。皮特·威尔逊和纽特·金瑞奇发表的简短讲话都公然利用了我的父亲。这似乎很不公平，但这就是政治。宪法制定以来，公平就不属于其中的一部分。

在皮特·威尔逊发表演讲的过程中，我心想，这些人都是出于某些目的才参选的。就算现在还没有目的，在角逐下一届选举时也会有。这就是他们生活度日、定义自我的方式，也是他们所知的唯一方式。今年，他们窃取了我父亲的政治果实，正以他的血肉为代价奔向终点。

所有人都在谈论罗纳德·里根如何改变了这个国家，个个都声称自己要让他的火焰继续燃烧下去。几年前，在聆听他们谈论我的父亲如何改变了美国时，我会以吹毛求疵、盲目拥护的方式（某种政治化的方式）做出反应。我想到赤字，想到自己不赞同的那些政策。我喃喃自语，这些改革并非全

漫长的告别
THE LONG GOODBYE

都是好的。但在政治战场外，还有更重要的事实。这些人说得没错，我的父亲的确改变了这个国家。不过他们少提了一点。他之所以能够改变美国，是因为美国人民喜欢他。当我们喜欢某个人时，肯定会因其发生改变，变得不那么苛刻，而是更容易满足。就连那些不赞同罗纳德·里根式观点的家伙，也会情不自禁地喜欢里根这个人。这都是因为他的热情、他的幽默。

这就像一个严守的秘密，只能传达给特定的人："别告诉任何人——撇去他的政策不谈，我喜欢这个家伙。"

他的讲话大多数都来自神话中的内容——美国，山巅上的光芒之城；它的人民则是"美国梦的守护者"。他利用了我们对神话、幻想和白日梦的需求。表面上，我们嘲笑这太过天真。美国没有光芒，反倒是身陷麻烦中。卡特是对的。这里有不安，有贫穷，有暴力。卡特之所以会输，是因为我们的内心需要神话，渴望神话："别告诉任何人，'山巅上的光芒之城'之类的话，听上去真棒——要是它有可能实现，会怎么样？"他让我们以为，这一切都是有可能发生的。

我小时候，我们每周六都会开车去牧场。父亲会指着头顶的电话线说："通过这些线，人们正在交谈，过着自己的人

1996年2月,洛杉矶
苦涩的甜蜜

生。只要想象一下……"

我照做了,而且非常努力,以至于过了一会儿,我觉得自己真的能够听到其中的一些对话。

1987年,父亲曾在一次演讲中说过:"普通人的梦想可以达到惊人的高度。要是我们这些圆滑的朝圣者想要达到同样的高度,就必须把一切都建立在人类的广泛意志与和谐之上,建立在人类心灵的广度之上。"

除了他,没有人会这样对我们说话。卡特才不会谈论什么海拔、高度,只会让我们的目光停留在地面上。蒙代尔也不会强调人心,只会叫我们勒紧裤腰带。

有个朋友对我说,对80年代遭遇的那些灾难,没人能比我的父亲应对得更好。"挑战者号"灾难,黎巴嫩军营遭到轰炸。我们感受到他的痛苦和悲哀如此真实,不是为了镜头才拼凑起来的。这位朋友还说,他的肩头宽广得足以让我们靠上去哭泣。他能安慰我们,同时也能让我们自信,即便宇航员在我们眼前死去,即便男孩们的尸体被装在裹尸袋里搬出来,我们还能继续前进。

70年代的美国经历了太多的治疗,太多的修复,有太多的疗愈组织,以至于我们自己都厌恶自己。人们的幽默感所

漫长的告别
THE LONG GOODBYE

剩无几,被散落在各种各样的支持小组和治疗过程中。卡特让我们面对自身的不满。我们知道他是对的,却不想用心去听,还是希望自我感觉良好,相信光明的明天。罗纳德·里根就为我们提供了这样的明天。卡特说,我们有理由害怕。可我的父亲无所畏惧。他中了一枪,被送进医院时还开了个玩笑。从几乎致命的伤势中康复后,他对那个试图杀害他的男人却没有怨恨。突然,到了80年代,我们把无畏视为一种选项,同时相信吉米·卡特的悲观观点;到了1984年,我们又相信了蒙代尔的警告。但我们也希望自己相信罗纳德·里根闪闪发光的美好愿景。那个骑着白马的男人赢了。

不过他也令我们感到困惑。焦虑在哪里?痛苦在哪里?自负的妄想呢?

他会令许多人都感到困惑,包括我在内。1981年,他遭人枪击时,我曾在不知道他能否生还时心想,要是他死了怎么办?我将永远无法在更深的层面了解自己的父亲——由于我自己内心骚动而避之不及的一潭静水。如今,在他远离这段人生、渐行渐远的途中,我对他的了解才逐渐加深。

要想理解罗纳德·里根,就必须知道他出身的小镇有多平凡。它坐落在中西部一片肥沃而平坦的土地上。在这

1996年2月，洛杉矶
苦涩的甜蜜

里，季节至关重要，孩子们的梦想是摆脱寂寞，摆脱无尽的大地，奔赴可以梦想成真的城市。电影为人们提供了故事和希望——你可以去好莱坞实现梦想。我问过母亲，在好莱坞的残酷体制和更加恶劣的政治体制中，父亲是如何获得成功并保有内心的纯洁的。她的答案让我回想起了他的特立独行（不过，他从来不会视它为特立独行）。她告诉我，他从未真正融入过好莱坞的生活方式。一天的拍摄工作结束后，他不会和其他演员出去闲逛、喝酒，总是做完工作就走。他一直保持着内心的梦想与纯真，从不会透露太多，而是保有足够的自我，这样就没有人可以玷污他珍视的东西。

与他共事的人也对他心存困惑。他们喜欢他的阳光，他的乐观，却不理解这一切。吉姆·贝克、罗伯特·麦克法兰、唐·雷根都曾经试图去解读他。这些人各怀鬼胎，都是沽名钓誉之辈。他们谈到过我父亲的善良和对人民的信任，最终却还是缓缓摇头，因为他们都无法真正理解他。当母亲试图告诉父亲，某人口是心非，或是有人故意给媒体泄露消息时，他就是不愿相信。佩吉·努南在《我在革命中的见闻》一书中援引了唐·雷根的一句话："你不会相信，总统身边的人是怎样利用他的。历史会述说这个故事。"历史仍在书写，人们

漫长的告别
THE LONG GOODBYE

也仍在利用罗纳德·里根。但是唐·雷根无法解释我父亲的善良。正是这种善良纵容了人们对他的利用。这份善良从何而来？又是如何维系的呢？

他的父亲是个酗酒的鞋子推销员，母亲是个虔诚的妇女，谨遵《圣经》，笃信成功法则，期待自己的两个儿子也能和她一样。他是个寡言少语的小孩，眼睛近视，想象力却超越了这座风景并不秀丽的小镇，让他渴望摆脱小镇男孩平凡的生活方式。他本来是无法成功的。谁也不敢赌他能够成功。他没有人脉，存款也不多，依靠洗碗供自己读完了大学，暑假时还要去河边做救生员。要是有人说他某一天会成为总统，你肯定会捧腹大笑。美国中部孕育了众多梦想家，因为那里拥有与世隔绝的广袤大地——辽阔平坦的土地上，一代又一代的人过着几乎一成不变的生活。但是有些人就成功了。他就是其中之一。他笃信上帝，相信母亲灌输给他的信仰，没有做过太多的分析。不过他的成功还是有蛛丝马迹可循的，其中之一就在于成功法则——他的母亲相信并强调的成功法则。我们从小到大都在学习这个法则，却很少有人能够下决心去实践。在此过程中，父亲意识到"己所不欲，勿施于人"的生活方式很好，于是欣然接受，并将它付诸实践，因为它

1996年2月，洛杉矶
苦涩的甜蜜

能让生活更美好、更容易被驾驭。

中西部小镇还有一个特点，那就是堪称美国精髓的"开拓精神"。它催人跨越另一座山丘，奔向新的生活，奔向拥有更多可能的地方。它是"去西部吧，年轻人"这一口号的动力，鞭策着那些不愿坐以待毙、还没失去希望的人。他去了西部，去了好莱坞，走到闪烁的灯光前，来到摄影棚、假牛仔和刷着油漆的背景前。这个故事着实老套，却让人不禁被深深吸引，因为他成功地实现了梦想。所以，他怎么能不乐观呢？诸事顺心，他怎么能不心存感激呢？他觉得自己就是一个范例，证明只要怀揣远大的梦想，坚持不懈，就能心想事成。母亲提醒我，他是个争强好胜的人，一向不甘人后，却从来没有为了拔得头筹运用过什么卑鄙的手段。他证明好人不会垫底。他们的胜利也许需要更长时间——还记得1976年那场输给福特的竞选吗？胜利终将到来，罗纳德·里根从来不会停止做一个好人。

1996 年 3 月
你将如何度过最后的日子

当你失去心爱之人时，
你会重新拾起往昔生活的碎片，
从不同的角度去审视它们。

漫长的告别
THE LONG GOODBYE

　　上七年级时，我选择了人类心脏研究作为科学课项目。这个项目需要我购买一个塑料元件套装，将元件组装起来，就能做出一个"心脏"来。套装配有一个可以盛放水和红色食用染料的容器。组装完成后，红色的液体就能从塑料模型中流过，就像血液流过真正的心脏一样。

　　父亲帮我组装好这个模型，还为我做了一个三面木盒，将成品放置在里面。在我的记忆中，大部分工作都是在室外进行的——就在陡峭车道尽头转弯处的车棚里，靠近玫瑰花丛和我爱爬的一棵树。我们在那里又锯又钉，偶尔会不小心弄洒染红的水。我还记得那时正值秋天，晴空湛蓝，空气清新。我穿着海军蓝色的校服，外面套着毛衣。我不知道这段记忆是否准确，还是说它只不过是我回忆那些下午时选择用想象绘制出来的画面，但这无关紧要。在我的记忆中，那些

1996年3月
—
你将如何度过最后的日子

日子就是湛蓝的，是加利福尼亚州的秋日应有的模样。

父亲从不介意帮助我或弟弟完成这种任务。准确地说，他十分期待参与其中。他的手很巧，还善用工具，喜欢建造东西，专注于各种各样的项目。他有个习惯，爱在专心致志地做着手头的工作时轻声吹起口哨。他偶尔会吹些曲调，但有时候只是发出某种声音，飘散在这座南加利福尼亚州社区静悄悄的傍晚时分。那时的洛杉矶风儿更轻柔，社区也更宁静。夜色伴随孩子们踩着滑板玩耍或骑自行车的声响降临。渐暗的天色中，母亲凝视着孩子们的身影，呼唤他们的名字，或是低声招呼溜进别人家院子里的宠物。

等我放学回家，我们就会动手制作科学项目。大部分工作都是父亲做的。他既耐心又细致，十分享受过程中的每一个阶段。到了往容器里注入红水的时候，我们打开管子上的夹钳，让水像坚定的河流一般流过心脏，这时我的工作才开始，那就是学习。

在父亲的讲解下，我为心脏的各个部位做好了标签：主动脉、左心房、右心房、左心室、右心室。在此过程中，父亲教我要对这个小小的器官充满敬畏。在我们注视着红色的液体在心室间穿梭时，他开口说道："你看它设计得多么精妙

漫长的告别
THE LONG GOODBYE

呀！我们的组装方法是正确的，所以水自然会这样流淌。你看它多么神奇啊！如此简单，却能维持我们的生命。"那一刻，他比我还沉迷于我们的成就。我和他一起注视着它，直到自己忍不住按住夹钳，掐断了用红色食用染料做成的血流。心脏变成了一汪半干的水池。

"哦。"父亲说，"我猜我们没能保住这个病人。"

我再次打开夹钳，让它重新恢复了生命力。这个装置看似如此简单：血流通过心脏，就万事大吉；血流停止，生命也就戛然而止。

他教我明白了心脏是如何运行的，却没有教我明白一切，没有告诉我如何才能阻止心痛，没有告诉我，要是血流在悲哀的重压下流速减慢怎么办。它会不会像布满碎沙的小溪那样泥泞不堪？难道这就是心脏会感到沉重的原因？那个秋日里，我们坐在紫铜色的阳光下，注视着精美的心脏模型。看着它，我对它的效率越发感到惊奇和尊敬。一颗真实的心脏正在我的胸中跳动。也许我曾用手摸过它，检查它的节奏，了解它的血流。但我当时并不了解它竟能这么痛。

当你失去心爱之人时，你会重新拾起往昔生活的碎片，从不同的角度去审视它们——当下生活中的点滴也一样。你

1996年3月
你将如何度过最后的日子

放慢了巡视的目光，举手投足间更加小心翼翼。今天工作时，我从手头的事情中抬起头来，注意到屋后的阳光正洒在窗边摆着的盆栽叶子上。那光线是如此纯净、金黄，让人挪不开眼睛。要是我知道自己时日无多，要是我感觉死神正在迫近，会不会看着绿植上的阳光心想："上帝，我要错过这些了吗？"难道这就是我父亲的心思吗？在他内心深处，在那些被日常疾病越发疏远的地方，他就是这样想的吗？我发现自己会用他看待事物的方式去看待一切，去寻找他心底无法言喻的想法。

公园里雪已经在融化了，露出点点新绿，与单调瘦削的冬季树木、棕色的雪水以及其他地方的泥泞形成鲜明对比，显得格外好看。要是你知道自己时日无多，会怎样利用自己剩下的光阴呢？这是个代代相传的古老问题。我会长时间注视那一片片绿地，凝视光秃秃的树枝上苦苦挣扎的那几朵花蕾，注视着傍晚的阳光洒在盆景的叶子上。我还会松开紧握的拳头，放松我对所有人、所有物的掌握。这就是当你知道死神正朝自己所爱之人走来的时候，你该做的事情——放松紧握的双手。特别是当那个人正是你的父母时。你必须这样做，因为人的死法有很多，身上众多器官的衰竭都有可能致

漫长的告别
THE LONG GOODBYE

命,让人越来越脆弱。悲伤也能起到这样的效果。现在我牵住父母时都会轻轻地握着他们的手,意识到骨头有多柔嫩,注意到他们把手放在桌面上时有多轻柔。我父亲的手——那双曾为牧场搭建过围栏的手,那双曾经帮我跳上马背的手,那双曾为子女做过科学项目的手——如今在我的手中就像是娇小的鸟儿。在等待令人恐惧的结局到来的过程中,母亲的双手在颤抖。我意识到,我不能握得太过用力,也不能攥得太紧。

有一天,我低头看了看自己握着的母亲的手。她的手那么惨白、瘦弱,看上去十分娇弱。我的手则结实健壮,修剪过花园,修理过围栏,提得了重物,打得动沙包,一只手的手指上长着老茧,另一只手上还留有一道伤疤。我松开她的手,唯恐自己意识不到握得有多用力。

如果说,我之所以将锻炼计划提升到难以承受的强度,是因为看到父母正日渐衰老,那么未免太过简单。要说这与别人无关,也不诚实。我们看着岁月蚀刻在父母的脸上,于是也会在自己的面容中寻找岁月的痕迹,跑得更远,练得更狠,想要留住年华。和大多数人一样,我也对衰老和死亡心

1996年3月
你将如何度过最后的日子

存恐惧。有一天,我发现了一根白头发,立刻把它拔了出来,坚信它是因为突变才不小心冒出来的,其他头发一定不敢效仿。

然而驱赶我的不只是对衰老的恐惧。有时候,我会滑冰一小时、举重一小时,晚些时候再跑步五英里。过量内啡肽能够创造出坐禅的状态。通过维持这种状态,我才能熬过这段家庭生活。通过和马拉松跑者交谈,或是看着那些刚刚跑完数英里的人的眼睛,你能看出他们的状态有所转变。这是爱运动的人众所周知的事情,能够带来平静、飘浮的感觉,让人心平气和,颇有助益。它能磨掉悲伤的棱角,那些有时让人感觉参差不齐的锯齿状棱角。看着父亲与这段人生做着斗争,母亲则在挣扎着想象没有父亲的生活,我的心头便会涌起一种无助,强烈得像是要被它撕裂。于是我会奔跑、拳击、训练、滑冰,尽我的身体所能去承受,抚平痛苦的棱角。

父亲在从枪伤中复原的过程中会规定自己进行有规律的举重训练。练习卓有成效,以至于母亲最终不得不恳求他放慢速度,因为他的衬衫已经穿不下了。他中枪的地方位于胸口,所以要在受伤的地方及周围增加一些肌肉组织。看到她沮丧地换掉一整柜衬衫,我笑了,但这笑容更多的是因为父亲。我能够理解他的举动。举重强健的不只是他的身体,还

漫长的告别
THE LONG GOODBYE

有他内心的某个地方。他内心的恐惧正在被逐渐抚平,尽管他永远不会承认。他必须再次面对人民,毫不畏惧地走出门,而不是因为一个年轻男子用枪指着他的记忆而萎靡不振。

这些天他总是沉睡——连沉睡时都怀着同样的热情、同样的决心,仿佛苏醒并不是他要考虑的事情。昨晚,我梦见自己沉沉地睡了很久,以至于醒来时一整天都过去了。在梦境中剩下的时间里,我一直在追寻自己所能找到的每一个时钟,试图证明我没有真的浪费一整天。

父母的旅程与我们的旅程是交织在一起的。今天早晨灰蒙蒙的天空下,在阳光挣扎着摆脱云层时,我奔跑着穿过公园,听着双脚踩在柏油路上的声音,感受着肺里凉飕飕的空气。在梦境中,我和父亲一样在沉睡;日常生活中,我会做他常做的事情,把自己的身体变成情感的象征,让它变得更强壮、更能干。一路上,我会试图关注那些微不足道的东西——灰色的岩缝里塞着的浅绿色苔藓,树上即将绽放的第一批花蕾。要是我很快就要离开人间,这些东西都会让我怀念。

1996 年 4 月

爱的纽带

我们无法选择爱谁,也无法控制爱有多深。

爱会找到我们,将我们卷入其中。

漫长的告别
THE LONG GOODBYE

"我已经不再害怕了。我只知道，没有了他，我会非常寂寞。"

这是母亲在复活节前夜说的话。当时我正在十二楼的公寓里注视着一轮红日沉入河中。随着天色渐暗，林肯中心的灯也亮了起来。太阳落山的地方一半萦绕着缕缕白云，另一半则泛着橙色的带状光芒。一抹抹紫色来来去去，黑暗却在稳步前进。

那一刻，万事万物似乎都交织在了一起——复活节，庆祝耶稣的复活；我母亲的话，透露了她忘却恐惧的心愿；还有太阳，和往常一样落下，无论谁生谁死，永远不会停歇。

今年，我对复活节和逾越节的思考比往年更多。摩西孤独且具有奉献精神，他唯一的朋友就是上帝。上帝要向自己的追随者证明，死亡并不意味着真正的结束。我和母亲一直

1996年4月
爱的纽带

在电话里聊天，聊到我这边的天色都陷入了黑暗。我们谈到了信仰、上帝和死亡，谈到了父亲已经在这场疾病中消失了多远。前一天晚上，我们观看了同一档讲述摩西的节目。母亲说："那么多年过去了，上帝还是不让一直忠诚于信仰的摩西进入应许之地，似乎太刻薄了。"我知道她在想些什么，因为我也在和同样的念头做斗争——要是上帝如此薄情，还怎么叫人守得住信仰？

早些时候，父亲的医生给我的母亲打来电话，为自己在过去两周内无法上门问诊表示歉意。他感冒了，不想冒险感染我父母中的任何一个。他说："我见过许多阿尔茨海默病患者和患有其他神经系统疾病的人，他们的身上都有相似之处。我看着他们的身体机能逐渐退化，生命慢慢逝去。看到你丈夫的日渐离去，我的感触很深。离开你家时，我会感觉特别沮丧。真是太让人伤心了。"

这张悲伤与祈祷的网是由众多形形色色的人编织而成的，其中有我父亲的医生，也有和我父母在同一间教堂里礼拜的女子。后者曾打电话来说，她的祈祷小组正在为他祈福。不过最终决定他还能停留多久、情况会发展到多糟的人还是上帝。我们只能尽人事，知天命，但大家都是见证者。母亲还

漫长的告别
THE LONG GOODBYE

和我聊起了祈祷词。

"你还记得你父亲讲过一个与橄榄球有关的故事吗？"她问，"他会为每一场比赛祈祷。有一段时间，他以为自己是唯一会祈祷的人，后来才逐渐发觉，其他大多数人也在祈祷。他明白，自己不能祈祷胜利，因为别的队伍也想取胜，而所有人在上帝的眼中都是平等的。于是他转为祈祷不要有人受伤，大家都能拿出自己最好的表现，剩下的就交给上帝来决断了。"

"这正是我们要做的事情。"我告诉她。

"我知道。只不过见证这个过程实在太难了。"

"你的责任重大。他需要你解放他。若是他觉察到你的恐惧，是不会想要离开的。你们两人亲密无间，要是你心里怕了，他凭直觉就能感受到。"

听到这里，她说出了那句话："我已经不再害怕了。我只知道，没有了他，我会非常寂寞。"

我的身体里有个地方轻快了不少，稍微放松了一些，仿佛那里以前一直在屏气。我又想，母亲会不会选择离开这个没有我父亲的世界。这是我深藏在内心的恐惧。我会在祈祷中述说，期待得到某种征兆、某种答案。但唯一的答案是，

1996年4月
爱的纽带

我必须相信上帝的智慧。每个人都在书写自己的故事,为生死设定时间,无法解释。

父亲曾经告诉我,在很久以前的朝鲜战争中,有些人过于沮丧,厌倦了生活,便会钻进毯子下面,直到几天后被人发现已经死去。他说,人们将这种现象称为"放弃症"。他们的死亡没有具体原因,就是不想活了。我不知道这是真事还是虚构的战争故事,但这并不重要。总之,据说这样的事情时有发生。

我的父母已经密不可分,建立了一种坚不可摧、难以解释的联系。我出生在这种联系中,却又飘浮在外。如果他们想要继续待在一起,我绝不会妨碍他们。他们绵绵不绝的爱情是我无法触及的。永远都是。

我们无法选择爱谁,也无法控制爱有多深。爱会找到我们,将我们卷入其中。我们要么又踢又踹,要么心甘情愿地随波逐流,但永远都是卑微的,为内心无拘无束的力量心存敬畏。怀揣自己都不曾知道的狂暴,我们伸出手,想要挽救心爱之人,拥抱他们,支持他们,有时还要放开他们。我们向内心探索,试图理解它。有那么一段时间,我们会被迫跪倒在地。这个复活节的周末,摩西向天堂寻求指引或跪下祈

漫长的告别
THE LONG GOODBYE

祷的画面一直在我心头挥之不去，如影随形。我想到某天夜里母亲跪在地上祈祷，迷失在泪水的洪流中。当她把这件事情告诉我的那一刻，恐惧在我心里萌芽了。那是什么？她的泪水中包含着祈祷。祈祷什么？让上帝也把她带走吗？还是恳求拥有留下的力量？我没有过问。祈祷是最纯粹的秘密，可以被分享，却不得被侵犯；可以自愿表达，却不能被命令要挟。

我们聊完天时，天已经黑了。母亲还要打包行李，第二天一早飞来纽约，计划住几天。挂上电话，她的声音依旧回荡在我的耳边，不断回放着那些给予我希望的话语。也许她会选择面对棘手的未来，应对孤独的空虚，在这里多待一阵子。

复活节的星期天如同冬日一般。一早就开始下雨，下了一整天。我知道自己无法和母亲通话，因为她要赶路，很晚才能到达纽约。

随着这一天一点点过去，伴随淅淅沥沥的雨水，我想念着她的声音，细细研究，慢慢品味。要是电话响起，另一头的人一定不会是她，除非她在飞机上给我打来电话。我知道

1996年4月
-
爱的纽带

她绝对不会这样做。我无法拨通一个号码寻找到她，想象着这种沉默从今天开始延续，要是这样的日子变成了永久怎么办？要是我父母的爱情是既不能松开又无法伸展的绳索，注定要在死亡中相互束缚，和他们活着的时候一样怎么办？我能否原谅上帝让两人一同归于沉默？难道他们要留下我面对他们走后的空洞，承担起当年骄傲自大，觉得自己不需要他们的沉重压力？

母亲最近才走入我的生活。我们还在彼此了解的过程中。我对她无话不说，她则能给我讲述别人都不知道的故事与回忆。如果这样的关系结束了，如果我不再是任何人的女儿，我是抱怨上帝，还是相信他的仁慈？

到了傍晚时分，我不得不停止探索这些思绪，因为痛苦已经令我难以忍受。

星期一晚上，我与母亲早早吃了晚饭，在她的酒店房间里给父亲打了个电话。她为他讲述了这里不合季节的寒冷，预言明天会下雪。她说自己很快就会回去，还说她爱他。我不知道他做何反应。如今，他大多数时候只是倾听。当她把电话递给我时，我告诉他，现在的天气很适合滑冰。滑冰、

漫长的告别
-
THE LONG GOODBYE

河流、冰天雪地的漫长冬天,这仍旧是通往他记忆的一条通道。"我已经学会倒着滑了。"我告诉他。

"哦,那很好啊。"他说。我听得出他正在寻找措辞,"学会倒着滑是件让人开心的好事。"

他的甜言蜜语填补了空白,为词不达意的用语进行了润色。

和我互道晚安时,母亲紧紧抱住了我。我能感觉到她哭了。"我太喜欢和你在一起了。"她说。

"我也是。"我回答,再次感到内心深处轻轻吐了一口气。我希望这足以让她想要留下,放开与父亲缠绕在一起的绳索,哪怕一点儿也好。我希望她能相信,这样的联系还会存在,他们距离彼此其实不会那么遥不可及。

1996年4月,洛杉矶

牧场里,他无处不在

我们是父母的孩子,
在这错综复杂的历史中,
有一条线亟待被发现。

漫长的告别
THE LONG GOODBYE

　　星期六一早，母亲和我就动身去了他们自 1974 年起就拥有的牧场。父亲就任总统期间，这里曾被称为"西部白宫"。它坐落在圣巴巴拉北部的山巅上，坐拥六百八十八英亩的山丘、高大橡树和连绵起伏的美景。高山小径旁还有一处观景点，一边可以俯瞰太平洋，另一边则是圣伊内斯山谷。这里是我父亲的最爱。

　　母亲想从牧场的房子里清理出一些东西。他们已经不会到那里了。父亲的世界正在逐渐缩小，这是阿尔茨海默病的典型症状。驱车两小时赶赴一个正从他记忆中日渐消失的地方，会令他晕头转向。

　　过去的二十二年间，我看到过这片土地沐浴在雨水中，也看到过它沉浸在灿烂的阳光下。沿着蜿蜒的山路驱车攀行的途中，我遇到过浓雾，也见识过夏季的干燥酷暑。我已经

1996年4月,洛杉矶
牧场里,他无处不在

很久没有回去过了。这一次,它的美令我心旷神怡,并不是因为土地变了,而是因为我变了。曾经,除了我与父母之间的怨恨,我很难看到其他东西,狭隘的心自恋到无法认真欣赏身边的美景。

当我们开车驶过牧场的大门时,已经是上午晚些时候了。牧场的名字叫作"天堂牧场",对于这片看似如此接近天空的土地而言,堪称完美。上午的天气十分阴沉,还刮着大风。在近期雨水的浇灌下,山上郁郁葱葱,覆盖着一层厚厚的长草。一阵阵风拂过草丛,宛若丝滑的波浪,令人眼神迷离。

我父亲的精神无处不在,附着在他亲手制作的每个东西上——房子四周用电线杆制成的围栏、池塘里的码头,甚至池塘本身。那里是一方天然的池塘,可往往夏天就干涸了。于是他在河底铺上塑料,还从西尔斯百货买来小金鱼。如今,池塘已经被山上的径流填满,全年不会干涸,池塘里的金鱼肥美壮硕。他原本计划砍掉的垂柳优雅地垂在水面上。

正如我们仍旧能够感受到他的存在一样,他的缺席也是不言而喻的。坐在陡峭的山坡上,我陶醉在身边的美景中,俯瞰炊烟袅袅的房屋,仿佛能从风儿孤独的回声中听出,他不在。这座两居室的小房子里唯一的供暖来源是篝火。父亲

漫长的告别
THE LONG GOODBYE

经常会去砍柴,却从来不会砍倒一棵树。他的柴火都是从橡树和浆果鹃下方的低矮树枝上修剪下来的,反正无论如何也会把这些树枝砍掉,因为他喜欢在树下骑马。

在空荡荡的马具房里,我也能看到、感觉到他的缺席。所有的马鞍都不见了。空旷的田野上,泥土中仍旧留存着部分马蹄的印记,马却已经被送人了。这里曾经还有几头奶牛和两头德州长角牛——公爵与公爵夫人。公爵死了,如今只剩公爵夫人独自在牧场上漫步、吃草。她躺在阳光下,身边却没了伴侣和牛群的陪伴。那天我看见她好几次。她象征着父亲如此深爱的这片土地已经陷入了沉寂。

公爵被埋葬在父亲为死去的动物开辟的墓园里。它们活着的年月中,这里肯定如同天堂一般。我的狗福里布就埋在那里。它是我在饲养赛迪前养过的一只狗,从小在托潘加峡谷里长大,比城市中的狗自由多了。离开峡谷时,我试过将它变成一只城市里的狗,却令它十分痛苦。它的余生都是在牧场上度过的,追逐松鼠和小鸟,跟着骑在马背上的父亲奔跑。另外几只狗也被埋在那里。它们都很长寿。我母亲曾经骑过的马也埋在那里。它们都拥有写着自己名字与生卒年月的石碑。墓园的地点是我父亲挑选的,在橡树林树荫遮蔽

1996年4月,洛杉矶
牧场里,他无处不在

下的一座小山上。山坡上那棵拱形大树下就是动物们安息的地方。

他不愿过多地干预自然。埋葬牛马之类的大型动物是十分困难的。因此他想出一个适合万物循环的解决方法。公爵病入膏肓时,我母亲的马也奄奄一息。它们被带到庄园的另一端,在那里被实施了安乐死。父亲觉得"万物都该顺其自然",于是将它们的尸体留给了鸟儿,还有那些以腐肉为生的动物。几个星期后,他再去收集尸骨,将它们埋葬在橡树下。死亡的残酷并不会给他带来困扰。一切都是轮回的一部分。

牧场的未来难以预料。它需要持续的开销,如今几乎没怎么使用。来到这里对母亲来说是件痛苦的事情。她绝对不会在牧场上过夜,也绝对不会去小径上散步,或是坐在池塘旁边。回忆无处不在。她总是做完要做的事情便离开。

日出后的天空被染成一片金黄。我坐在山坡上,感觉牧场——这片充满我父亲精神的土地正在悄悄从我身边溜走。如今的生活就像是一连串枯燥冗长的道别,想到这一点,我的心又被划了一刀。

我心想,要是我有钱,问题解决起来就太容易了。我可以把这些开销悉数揽下,或是直接把土地买下,让马儿回归,

漫长的告别
THE LONG GOODBYE

再弄几头牛陪伴公爵夫人。我的思绪迈上了一个摇摇晃晃的平台——倘若真能如此，又会怎么样呢？这种念头永远都是徒劳，如同一列夜车，通往遗憾和得不到回报的期许，是对被浪费掉的时间和没有走过的路品头论足。要是我此生没有做过如此多错误的选择，会怎样？要是我在择业方面更聪明一些，趁着80年代父亲当选、自己也是个风云人物时接受演艺工作，会怎样？除了写作，表演是唯一的我知道该如何去做的事情。那时，我本可以以演艺为生，却为了赚大钱，拒绝了一些不好的角色。现在回想起来，我真是个傻瓜。我本可以更成功、更富有，有能力接手农场，像父亲那样将它经营起来。我本可以继承他的遗产，运用他教给我的关于土地与自然的知识。对于牧场，我不会做出任何改变。他教过我，既要尊重自然的和谐，又要尊重它的严酷。秃鹫和秃鹰以动物尸体为食，因为这就是它们的生存方式。响尾蛇在万物中也有自己的位置。你要当心它们，聆听它们的动静，绕得远远的，除非迫不得已——比如有人或动物处在危险之中——不然不要杀害它们。牧场上有几处围栏。牛儿和马儿会在大片的土地上散步。马儿总是偏爱房子附近的牧场。它们都可以建立自己的地盘。

1996年4月，洛杉矶

牧场里，他无处不在

最终，在黑暗中乘上了"倘若……又会怎样"的列车后，我将父亲的一部分遗产装进心里，离开牧场，在橙黄色的太阳落入太平洋之际驱车返回洛杉矶。我和母亲都陷入了沉思。

人们在这个地球上留下的足迹就是自己的遗产——那些能够讲述他们是谁、学过什么、有何成就与建树的点滴。这些遗产往往是通过子女得以延续的。他们把线放在子女的脚边，希望子女选择其中一条，继续编制代代相传的绳索。可是谁也无法确定自己的孩子会选择哪一条线，或者是否会选择其中的任何一条。

在身边一望无际的数英亩土地上，在被风吹动的操场和沐浴着阳光的山峦间，我看到了自己想要拾起的那一条线，我想要继续编织的那一条线——父亲曾在漫长的午后骑在马背上或驾着吉普车沿着陡峭的小路行驶途中灌输给我的事情。

名人之后的心里都有个隐秘的想法。尽管它需要很多年才能显露出来，却已经成为我们生活的焦点。它让我们逃离自我，对将自己矮化的巨大阴影愤怒不已，一次又一次地蓄意自暴自弃。任何暗示我们应该不负遗志、接替重任、薪火相传的人都会遭到我们的中伤。然而，在这一切表象下，我

漫长的告别
THE LONG GOODBYE

们却发自内心地认为他们是对的。这样的想法令人愤怒、让人恐慌，化作一股轻柔的压力，在我们的心头挥之不去。我们认为，生来就被指定这种生活并不是一种偶然。在如此靠近权力的地方长大，我们会为它沉迷，被它掩盖，却又备感困惑；心中的怨恨越来越多，直到发觉自己的生存原来取决于挣脱父母，不让他们的阴影将我们笼罩。然而这样的想法是不会消失的。要是我们没有履行自己的责任怎么办？

我们怀疑，早在我们出生前，自己的灵魂就已经被交易了：有人要我们接受具有传奇色彩的家长留下的遗产，我们答应了。然而，此举竟然毁掉了人生中最好的年华。我们惊声尖叫，不！我属于我自己，我是独立的！与这片阴影、这位给世界带来重大影响的父亲或母亲没有关联！我们不愿循规蹈矩地生活，却还是因为否定了真实的自我而困扰。

我记得，1964 年，我曾坐在亚利桑那州的一座礼堂里，聆听父亲为巴里·戈德华特发表演讲。那时我十二岁，头脑中已经有了一些成形的想法，与在家听到的政治意识形态相左。令我印象深刻的不是父亲那晚说过的话和理念——我还年幼，心中的异议只不过是些飘忽不定的想法。让我折服的是父亲令观众入迷感动、热泪盈眶甚至一跃而起的能力。我

1996年4月，洛杉矶

牧场里，他无处不在

也想要这么做，梦想拥有这种能力，希望它某天能被传承到我的手中。这样的想法简直令人沉醉。珍贵的火炬已经被点燃，点燃后就能代代相传。当然，我不知道站在讲台后面的人如果是我，我能说些什么，甚至不知道谁会在现场。大多数名人之后都会经历这样的挣扎：难以摆脱传承重担的念头。不过，在弄清自己有可能继承什么之前，我们必须明白自己是谁。这驱使我们原地打转，不断为自己打造新的形象，不顾一切地寻找自我。答案就流淌在血脉中，深埋在心底——我们是父母的孩子，在这错综复杂的历史中，有一条线亟待被发现。

我的政治思想从未和父亲相近过，然而正如我会跟随他骑上马背、模仿他在马鞍上优雅的坐姿一样，我听从了他的教诲，要去保持土地的和谐，"顺其自然"。我从未怀疑过这些，总觉得它是真的。

待在牧场上的那个下午，我找到了自己与父亲之间最牢固的联系，一种从未被质疑粉碎的联系。当朋友听说我希望能够接手牧场时，他说："你必须想象自己就在那里，时刻牢记这个画面。"

"你是说，'要引金凤凰，先栽梧桐树'？"我问。

漫长的告别
THE LONG GOODBYE

"没错。"他回答。

父亲越来越矮小了。他身高超过六英尺，应该说曾经有那么高。即便是五英尺十英寸的我，拥抱他时也必须抬起头仰望，还得踮起脚尖。如今，我们拥抱时我可以直视他的双眼，双脚稳稳地踩在地上。他的腿细了不少，不再是运动员般肌肉健硕的双腿。发生变化的不只是他的肉体，还有他的个性、本质——那些被我们称为"性格"或"特征"的东西，那些令人安慰、熟悉的特性，因为我们不知道还能称其为什么。疾病正在按照自己的蓝图将他削弱、修剪和重塑。

小时候，我有条毯子，去哪儿都要带在身边。我会带着它睡觉，整天都将它紧紧攥在手中，要是有人试图将它从我手中夺走，我就会放声尖叫。它的名字叫作"毯毯"。父母开始怀疑我是否永远都不会放开它，还找过儿科医生讨论，如何才能让我放弃这条无处不在的毯子。他建议用剪刀逐步将它剪小，每隔几天小一点儿，这样我最终就会对它失去兴趣。我的父母遵从了他的建议，结果却令人大失所望。当毯子被剪到只有洗碗巾大小时，我依旧时时刻刻紧紧攥着它。于是他们进一步将它剪小，剪到了洗脸巾的大小。据我的父母所

1996年4月，洛杉矶
牧场里，他无处不在

说，我在这个时候问了一句："有一天，毯毯会彻底消失的，对吗？"

父亲正被一股谁都无法控制的力量削弱。有时候，我怀疑我们正在用自己都没有意识到的方式紧紧攥着他，将他留在这里。

一天下午，他的医生到我父母家上门问诊，我也在家。他问我有没有注意到疾病的进展。

"注意到了。"我承认，"不过更重要的是，我觉得他正在离开还是留下之间进退两难。"我详细解释起来。我注意到医生眉头紧锁，仿佛我在说什么方言。

"他是不可能进行那样的推理的。"他终于开口答道，"一旦得了阿尔茨海默病，能让一个人做出这种选择的神经元就已经死亡了。他能在情绪上有所感知，但有意识地去做选择……"

我试图解释自己说的不是神经元的事情，甚至与他的大脑无关。我告诉他："我指的是他的灵魂。"可对医生而言，我还是在说方言。

但我觉得我是对的。如果是我们把他留在这里——因为这个支离破碎的家庭终于学会了和睦相处——那么我会十分

漫长的告别
THE LONG GOODBYE

内疚。我们曾令他痛苦，令他困惑。父亲是个单纯的男人。面对一个将所有已经自杀或是有过自杀念头的诗人都视为榜样的女儿，他能怎么办？我崇拜西尔维娅·普拉斯，她的诗歌读起来如同献给死亡的祷文。我离家上高中时，曾给父母寄过我的诗歌。就连父亲这种天生乐观、性情极其开朗的人都为我的黑暗感到不知所措。他想要摆脱生活中的阴影，我却要追逐、拥抱它们，笔记本里充斥着灰暗的内容。

面对求知欲强、热爱学习、信奉理性主义的儿子，他又是如何应对的呢？罗恩十二岁的时候就喜欢讨论东方的"涅槃"概念，还会运用"理念"和"无政府主义"之类的词。他很小的时候，父亲曾给他起过一个绰号：快乐的杰克。我能想象他百思不得其解：我的儿子什么时候变得如此善于分析，还没过完青春期就成了一个不切实际的哲学家？

两年前的圣诞节，父亲看着莫琳说："我还记得有个金发小女孩扬言要离家出走，拿着外套和洋娃娃走出了家门。"

"于是你给了我一美元，告诉我找到工作后打个电话。"莫琳回答。

他的眼睛亮了。"这话很有用。"他说，"你很快就回来了。"

故事是这样的：父亲与莫琳的母亲简·怀曼还没有离婚

1996年4月,洛杉矶

牧场里,他无处不在

时,住在一条安静的住宅街上,房子位于一条陡峭车道的尽头。莫琳宣布自己打算离家出走时,父亲知道说服她放弃是没有用的,于是顺着她,还给了她一美元,夫妻俩就这样注视着幼小的女儿沿着车道走了下去。她站在街道上,看了看左右两边,也许是在等待某人下山来接她。看到没有人来,她又走了回来,开口说道:"我回来了。"

在孩子还小的时候,父亲总是知道该如何应对他们的问题和把戏。一个计划离家出走的孩子是很容易对付的。然而多年后,在莫琳遭到第一任丈夫家暴后,她却躲到基督教女青年会,后来才把事情的原委告诉他。这是另外一种离家出走,一种老版本的逃跑,我不知道他能否理解。

迈克尔是在襁褓中被里根家庭收养的。出于感激,他对父亲表现出了更多的情感,令父亲有些难以接受。我过了很久才意识到父亲的羞怯。他会远离那些看上去太过汹涌的情绪。这倒不是因为他没有被打动,而是因为他的感动会令他深感难为情。

有时候,我们会害他茫然若失、不知所措。不过我们都已长大,变得越来越冷静,在他离开之际回到家里陪伴他。这就是他的困境:他等了这么久才看到我们团聚,体会到一

漫长的告别
THE LONG GOODBYE

家人的感觉。当我们齐聚一堂时,他的眼神会在我们身上游移,看着一心渴望看到的画面,然后转向远处某个模糊不定的地方,仿佛是在权衡内心的选择。

1996 年 5 月
里根图书馆

博物馆的布置是人为的，
人们的生活则是杂乱无章的，
无法按照字母的先后顺序排列。

漫长的告别
THE LONG GOODBYE

有一天，父亲去了里根图书馆。第一次听到这个消息时，我的反应是："他要去哪儿？"我心想：要是他心情不好怎么办？到访图书馆的人总是络绎不绝。我的脑海中立刻浮现出陌生人试图与他攀谈的画面，心中立刻萌发一种保护他的想法。

但他还是招呼不打一声就去了，身边陪伴着几名特工和一名护工。在阿尔茨海默病进入我们的生活前，我从未用到过"护工"这个词。涉足疾病世界的其中一步就是引入新的词汇，可此举却成了这片令人受挫的陌生领域与迷失其中的人之间的联系，真是可悲。

显而易见，父亲步行穿过图书馆时引起许多人的注意，却没有人打扰他，或者试图和他攀谈。参观者刚进门时可以观看一段五分钟的影片，片中用名著导读的方式介绍了我父

1996年5月
里根图书馆

亲的生平。这一天，他坐下来观看了影片，仿佛自己只不过是一位参观者。母亲后来听说，在屏幕上观看自己的人生时，他的眼中盈满了泪水。他是在羡慕自己度过的人生，还是在哀叹生命流逝得太快？也许是他内心深处从未与任何人分享过的神秘梦想？谁也不可能知道。

我还没有去过那座图书馆……不是因为没有机会。回洛杉矶这么多次，我本可以花半天时间开车前往西米谷市。里根图书馆就矗立在那里的一座山顶上，四周绿树环绕。我一直搞不明白自己为何不情愿，但不可否认的是，这种不情愿就像石头一般，在我心里岿然不动。和其他总统图书馆一样，这座图书馆更像博物馆，里面有展览和短片，还有用玻璃包裹的展品。

图书馆在分门别类地分解一个人的生活，这令我心碎，我想要转身离开。我感觉自己仿佛正在抽屉里搜寻什么，或是透过半掩着的柜门向里面窥探。博物馆的布置是人为的，人们的生活则是杂乱无章的，无法按照字母的先后顺序排列。

当我父亲的一生被布置成一次游览，一趟按照编年顺序让大家深入了解他的旅程时，伤害就更深了。人们来到里根图书馆，是为了更好地了解这个人，跨越无形的界限，走进

漫长的告别
THE LONG GOODBYE

他的生活。意识到这是让人们尽可能了解他的最好方式，我十分感激他们愿意这样去做。

但我想说，你们还是无法了解他。你可以看到他的马鞍，却看不到他骑在马背上，沿着牧场小径奔跑时脸上的幸福与宁静。你听不到他用一连串温柔的声音安慰一匹受惊的马儿。你看不到他俯下身来，轻拍马儿结实的脖颈。那只手的大拇指上还有一处凹痕，是他小时候哥哥不小心朝他挥动斧头时留下的伤口。你可以看到他的英格兰马靴，上面沾上了马儿的汗水，鞋跟处已经被磨损，但你闻不到马汗在皮革上留下的刺鼻气味。我可以告诉你们，那种味道对于儿时的我来说比任何香水都要香甜，来自和父亲一起骑在马背上的一个个漫长午后。我可以告诉你们，却无法将你们带回那些岁月。你们无法知晓，如今的马具房有多空旷，曾经摆放马鞍的架子上空空如也，昔日挂着缰绳的钩子上也空无一物。

母亲告诉过我，里根图书馆里有一张父亲年轻时担任救生员的照片。你可以站在照片前，欣赏他年轻时的神采，欣赏他棕褐色的健美身材，但你看不到数十年后，每当他讲起自己拯救那些为了向女友显示游泳技巧却深陷失控水流的城市男孩时，眼中闪烁的亮光。他讲起这些故事总是和颜悦色，

1996年5月
里根图书馆

觉得那些男孩逞强的做法很有趣。

曾经去过里根图书馆的一位朋友告诉我,那里还有一张罗克河的照片。"你会想去那里看看那张照片的。"他说,"你写过,你的父亲会在河上滑冰。"

我最终会去看一看那张照片。我已经见过那条河了。在父亲的描述中,这条水流丰沛、贯穿农田、流向密西西比河的宽阔水道栩栩如生。他说,它"夏天时是蓝绿色的,周围环绕着树木葱郁的山峦和石灰岩悬崖"。到了冬天,河水结冻,"河面就是一座两个足球场大的滑冰场,只要我想滑就能滑"。

照片的背后是一个个无声的故事。你可以在罗克河的照片前站几小时,却听不到那些故事。它们需要我父亲的声音和眼神,还有他为记忆注入活力的方式。

我知道,那里还有他在故乡伊利诺伊州迪克森的童年故居照片。照片中是一座不起眼的两层小楼。但你们可能不知道,楼上的卧室里有个害羞的近视男孩,身材比同龄人矮小一些,正在阅读自己所能找到的所有有关鸟类和野生动物的书。他曾一遍又一遍地阅读《北方之光》——一本讲述北方白狼的书。他曾想象自己跟随狼群在雪地里狂奔,爬上陡峭的悬崖,穿过幽暗的峡谷。

漫长的告别
THE LONG GOODBYE

不管对到访这座图书馆心存多少顾虑，都必须放在一旁。它已经成为我们生活的一部分，而且必将成为更重要的一部分。我的父母将会被埋葬在那里。这件事我是几年前才知道的。那时我与家人还很疏远，只能从报纸和晚间新闻中得知他们的消息。他们必须得到某种特许，才能被葬在图书馆内。我猜下葬的地点是有分区限制的。我记得脑海中浮现出两块墓地，两块墓碑耸立在山顶上，周围方圆数英里没有其他墓碑。这个画面让我感觉十分孤独，与世隔绝。我总是有种奇怪的想法：墓地中四处飘荡的灵魂应该能给彼此做伴。前来悼念的人也一样。我父母的生活总是围绕着彼此，不太需要别人。所以让他们和生前一样在高高的山顶上一同长眠，也许是恰如其分的，能和我们其余人保持一点儿距离，因为他们拥有彼此就算是圆满了。

我父母的财产最后几乎都要被放进图书馆里珍藏。这是我某一天下午站在母亲的化妆间里等待她涂口红、梳头发时听说的。我环顾四周，注视着每一个小瓷器、小银盒、银相框和水晶花瓶。"所有这一切吗？"我问。她点了点头，表示肯定。

让别人查看自己的私人物品，这种做法乍看似乎是一种

1996年5月
—
里根图书馆

侵犯。但我很快想起,当你踏上公众的舞台,"自我"就变得微不足道了。允许别人进来,感觉对你有所了解,是一种义务。某人用尽一生收集的东西能让别人洞悉他的内心,或者至少能造成洞悉的错觉。

多年前住在托潘加峡谷那座拥有巨大花园的房子里时,我为了播种秋收的莴苣挖过一片土地,挖出一只小孩的鞋。那是一只很小的皮革凉鞋,上面沾满了泥块。我坐下来,手捧着那只鞋,想象弄丢了它的那个孩子。那也许是很久以前的事情了。那个时候,这座用爱开垦出一片片菜地、四周环绕矮石墙的梯田形花园还是一座荒凉的山坡。那个孩子也许正在挖蚯蚓,或是奔跑着穿过夏日里高高的草丛和鼠耳芥,弄丢了鞋子,再也找不到它了。

说不定里根图书馆的某位参观者也会注视着我母亲的银盒,满心好奇它是她从哪里买来的。他们也许会想象她走在伦敦狭窄的街巷中,在某间古董店的橱窗里看到了它。说不定它是祖传的,或是被人当作生日礼物送给她的。人们注视着我父母的财产,赋予这些东西一个又一个故事,因为他们必须这么做。通过这种方法,这些物件才能变成通往别人生活的一条小径。

漫长的告别
THE LONG GOODBYE

针对曾摆放在母亲梳妆台镜旁的银盒，我能讲出什么故事来呢？我不知道它从何而来，只知道它某一天会属于图书馆，供公众参观。我们生活中的许多事物也一样。午后的阳光照在它被擦得铮亮的表面，就连窗外郁郁葱葱的树影都能倒映在上面。它是几样东西中的一样。那一刻，它似乎象征着我的家庭生活发生了多少变化，也象征着有多少生活还在继续，又将要消逝。

改变要么意外地降临在我们身上，要么无法避免地缓慢移动，如同风暴前沿一直保持着它的航线。无论如何，这都是我们无法掌控的。我的家庭生活本身就超出了我们的掌控，属于历史的一部分。我的父母会被埋葬在以父亲名字命名的图书馆山顶上。馆内满是父母的展品。与他们素未谋面的参观者都可以游览他们即将长眠的这个地方，在玻璃柜前徘徊，注视着两人用一生积攒下来的物品，凝望逝去时光的照片。玻璃是一种隐喻，它的另一边总是摆放着什么东西，却让人无法触及。

昨晚十二点半，我家的电话响了。我从睡梦中惊醒，立刻想到了父亲。还没有拿起听筒，我就心想，就是这一次了。

1996年5月
里根图书馆

听到母亲的声音从电话的另一头传来时，我满心笃定。

"你的父亲出事了。"她说，"很抱歉把你吵醒。"不过她的声音听上去很冷静。我在脑海里组织着机票预订、取消约会的事情，却被她波澜不惊的语气搞糊涂了。

原来这并不是我担心的那件事情。父亲和另一名护工在一起时，突然问起我的去向。护工告诉他，我不在，他却指着一把椅子说："不对，她就在这里。她刚才还坐在这把椅子上。"

母亲提醒我，我曾经对她说过，我相信人们在走向生命的终点时会发出某些信号。其中一个信号就是看见逝者或是仍旧在世却远在天边的人的灵魂。我觉得，人类内心的目光在生命即将终结之际都会变得更加敏锐。

父亲以为他在那里看到了我，却一点儿也不令我吃惊。白天大部分时间，我都在思念他。有些日子里，我感觉内心十分冷漠，身陷他所在的现实中，仿佛变成自己人生的看客，而不是参与者。更重要的是，母亲是在夜里十二点半打来电话转述他的话，而不是等到第二天。这件事本可以放一放，但她等不了。失去他的寂寞肯定会在夜里变本加厉。黑暗必定如同无边无际的黑色荒原，在她的身旁张开血盆大口。

漫长的告别
THE LONG GOODBYE

任何曾目睹父母一方病倒、感受到另一方有多孤独的人都能理解这种无助。你没有办法减轻他们的痛苦，或是消除他们的孤独。摆脱这种感觉的唯一方法就是忍受它们。所以我们会在深夜接起电话聆听，试着说些安慰的话。这是远远不够的，可我们别无他法。

还有一些事情是有过这种经历的人才会知道的：日子开始令你疲倦不堪，磨掉了你曾经拥有的光泽，也磨掉了保护你最纯真情感的保护层。某天晚上，一个朋友曾因某件小事对我大发脾气，应该是我打断了他说的话之类的。我感觉自己的内心裂开了一个和此事不成比例的巨大伤口。只不过是朋友间的小插曲——他生气了，把内心的情感表达了出来。我想，我已经没有一层层的表皮了。

晚上，我会打开卧室的窗户，以便聆听脚下车水马龙的声音。我喜欢想象朝着四面八方移动的人们，因为我的家庭生活在很大程度上是一成不变的。我们静止不动地等待着，往往还要屏息凝神。我会伴着那些声响入睡，想象距离死亡这个概念还很遥远的人们。我知道现实和我的想象截然不同，也知道有些人正带着让自己放慢速度的痛苦在脚下的街道上开车。不过想象还是有所裨益的。

1996年7月,洛杉矶

"就像在和云彩说话"

我试图用眼神而非语言告诉他,
我就在这里,不会再次抛弃我的家庭。

漫长的告别
THE LONG GOODBYE

我走进房间时,父亲还是要起身,但不得不撑住身子才能从椅子上站起来。如今的他又虚弱了不少,需要借助手臂的压力和冲劲才能站起来。十七岁时,我不情愿地参加了名媛舞会,站在他的脚上跳舞。我不会跳华尔兹,于是他说:"没关系,站在我的脚上就好。"那种感觉就像在飘浮。我的父亲又高又壮,能让我稳稳地站在他的脚上,在地板上滑步,仿佛我的重量不过是一对鞋带的重量。如今,行走在父母家精心布置的客厅里——所有东西的摆放都很雅致——我搀扶着他,注意到他将重心压在我的胳膊上。

看到我进门,他非常开心。"哦,你来看我了。"他的脸上神采奕奕。没过多久,他又补充了一句:"你去哪里了?"我对心中的痛楚如今已经成为习惯。我解释称,自己一直在纽约,好几个月都没办法飞来洛杉矶。我不知道他是否觉得

1996年7月,洛杉矶
"就像在和云彩说话"

遭到我的遗弃。离家出走、不理不睬,这在我们父女俩共同的经历中并不少见。我不知道哪些经历给他留下的印象最深。也许我对他避之不及的那段漫长而冷漠的时光永远历历在目。也许时间已经乱了,将过去与现在颠倒了过来。我试图用眼神而非语言告诉他,我就在这里,不会再次抛弃我的家庭。

有时他就在这里,看着,听着,有时他却在走神,一脸满足地远离了我们。这种状态蕴含着一种奇怪的美,一种宁静。寂静如同丝绸般柔滑,提到这些时刻,母亲说:"就像在和云彩说话。"我不确定她是否意识到了这个画面有多可爱。

他走神的时候,我就这么望着他。小时候在牧场上,我喜欢爬到谷仓的一捆捆干草上,躲在那里。我会俯下身,伸展四肢,呼吸干草甜甜的气味,再嚼上一根,看着父亲从我脚下的马鞍室里搬出马鞍、缰绳和马用的梳洗工具。谷仓的高处有一扇窗户。我记得尘土会在一道黄色的阳光中闪闪发光。被拴在外面的马胡乱蹬踹着地面。父亲像往常一样低声吹着口哨,忙着手里的活儿,对漫长而惬意的午后生活心满意足。他已经再也无法吹口哨了。多年的失联让我不知道他是何时停止吹口哨的。

如今,他喜欢望向花园的另一边,看着绿油油的斜坡草

漫长的告别
THE LONG GOODBYE

坪朝着精心布置的彩色花坛延伸,远处则是铺展开来的城市景观。我陪在他的左右,趁他眺望时注视着他,看阳光反射在遥远得如同玩具般的白色建筑上,凝望树荫下斑驳的光点。他的眼睛曾经拥有天空般的颜色,如今却越发苍白。

"他干得不错。"他朝着城市和地平线的方向挥了挥手。

"上帝吗?"我问道。这是我猜的,希望猜得没错。

"嗯,嗯。"

"是啊,上帝做得非常不错。"我安慰他,将这一刻铭刻在心里。

母亲近来的生活就像一件被一针针拆开的衣服。与她相识数十年的一个闺密意外去世了。她在我母亲的生日聚会上昏倒了,为我们一同参加的这场小规模庆典增添了阴郁的气氛。在场的女性谁也不知道这位朋友的病情有多严重,只知道她被送进了医院。她再也没有恢复意识。严重的中风摧毁了她的左脑。三天后,他们撤掉了维持她生命的机器。

我实在说不出什么话可以安慰母亲。看着她的生活逐渐瓦解,我知道今后的情形会变得更糟,只好诉诸"至少她没有受苦"之类的话。

1996年7月，洛杉矶
"就像在和云彩说话"

我父母的家很早就闭门休息了。早在太阳从天空中落下之前，晚餐就撤桌了，窗帘也拉了起来。昨晚，我离开家返回海滨时，紧闭的窗帘背后闪烁着光影。白天还剩好几个小时，于是我沿着海岸漫步，穿过夕阳与随之而来的柔和蓝色时光——这就是摄影师口中的"神奇时刻"。漫步沙滩，我想象父母已经安睡，一直待到天黑，耗尽了这一天最后的时光。

1996年7月

刻在照片中的记忆

在失去父母的过程中,
你会在某些地方、某些东西上找到他们的影子。

漫长的告别
THE LONG GOODBYE

穷尽一生,我们都在将记忆中的画面来回变换,仿佛它们是一副牌,或者更准确地说,是一沓照片。其中最上面那张正面朝上,象征着我们选择要记住的画面,是我们在某些地点、某些事件中的留影,而且往往大部分是与某些人的合影。我们选择的画面会根据自己在生活中所处的境遇、变成什么样的人而不同,也会根据我们对记忆中的那个人有多宽容、愤怒或达观而有所不同。

每当我想到母亲,头脑中出现的都是很早以前的一幅画面。我们曾在太平洋岸边的帕利塞兹拥有一座房子。我就是在那里长大的。她走进黄色的厨房,怀抱着一捧刚刚从车道旁剪来的玫瑰,手上还戴着园艺手套,眼睛被遮阳草帽盖住了,身上穿着垮裤和衬衫。她满脸笑意,因为她喜欢玫瑰,喜欢把它们插在花瓶里。

1996年7月
刻在照片中的记忆

  我不知道为什么当我想起母亲时脑海里会出现这个画面。也许那是一段比较纯真的时光吧。日子似乎更加悠长，我们身边也没有那么多人死去。

  在我的记忆中，与父亲有关的一幅画面总是占据着最突出的位置。他骑在马背上，眺望心爱的农场，他赖以为生的土地。多年来，他凝视过的牧场已经时过境迁。我小时候，那里是他在阿古拉山拥有的土地，牧场边立着白色的栅栏，还有我玩过泥巴、找过青蛙的鸭子池塘。如今，在我记忆中的快照里，他站在位于圣巴巴拉的牧场的山顶上，眺望着远处的大海。雾气从山的一侧缓缓升起，还有一簇簇橡树。他眺望过的土地也许已经变了，可他对它的一往情深却不曾改变。它就在他的眼睛里，在他自在的微笑中。

  种种迹象表明，母亲想要卖掉农场，谨慎地提起过几次，还频频暗示。我没有过问，如果答案是肯定的，那么我的心痛将无处安放。我笨嘴拙舌地提起过一次，试图告诉她，应该不会有人愿意接手那座农场。我想表达的是，父亲在牧场上的存在感实在太强了，但口中的言语因为情绪激动而变得既笨拙又啰唆。"我会尽力去做自己能做的事情。"她的这句话终结了这段讨论。

漫长的告别
THE LONG GOODBYE

我知道她的答案不仅仅出于财务问题，还关乎记忆，关乎那些痛苦得令人不想重温的日子。它们已然平稳地流逝，带着一种宁静的慵懒，等待能够逃离城市、隐退山林的幸运儿。牧场是父亲休养生息的地方，也让母亲在漫长的日子里安顿下来，满足于陪伴在他的左右，任时光飞逝。如今，那段时光已经远去。近来同去农场时，我会注视着她，看着她的目光是如何落在湖面上、山峦间，却只有短暂的一刻。很快，有什么东西从她的记忆中消失了。那一天结束时，她迫不及待地想要离开，仿佛这片土地已经被阴魂附体。

也许失去父母与失去伴侣、爱人和配偶的区别之一在于我们处理记忆的方式。失去父亲或母亲时，你会将记忆囤积起来，变得贪婪，不愿妥协，被某种东西占有和吞噬。我们前往牧场的那天，我本来可以在山顶上一直坐到天黑，沉醉在与父亲有关的点滴中，沉浸在他那从地面上升起、迎风飘荡的每一声回声中。我仔细端详着他用电线杆做成的围栏，看到他如何在木头上凿出圆形的切口，几乎没用一颗钉子就将围栏立了起来。我还记得山间小径的样子。它是为了欣赏最美的风景而设计的，尤其是骑在马背上欣赏。我任由自己身陷在他的存在感中。尽管他本人已经好几个月没有涉足这座

1996 年 7 月
—
刻在照片中的记忆

牧场了——可能永远也无法再来——那股气息却仍旧强烈。

起初这一切看来似乎有点儿奇怪。在失去父母的过程中，你会在某些地方、某些东西上找到他们的影子。我认识一个女孩，她在自己的父亲去世后一直戴着他的手表。那块银色的手表十分笨重，也不怎么时髦，对她来说太大了。可她还是会戴着它搭配礼服裙、牛仔裤、运动服。她需要将它挂在自己的手臂上，拒绝摘下来。就是这么回事。面对能够让人联想起自己父母灵魂的东西或地方，我们都会变成占有欲极强的守护者。

但是对于那些生活四分五裂、失去伴侣的人来说，这种记忆太多、太沉重了。他们如同溺水一样，不得不脱掉衣服、鞋子、背包之类任何有重量的东西，因为是否继续生存取决于能否回到水面。

失去父亲与失去牧场已经成为同一份悲伤中不同的组成部分，仿佛会让我失去他两次。要理解母亲的动机，会让事情变得更加艰难，因为没有谁是对的，也没有谁是错的。这就好像我心里正在放声尖叫："你不能卖掉牧场，那里的一草一木都有他的气息！"而她也在尖叫着回应："这就是我为何必须这样做！"

漫长的告别
THE LONG GOODBYE

也许事情可以被归结成这样：对我来说，这片土地是肥沃的，充满父亲的存在感，让人想要浇灌它、养育它，维持它的活力。而对母亲而言，它已经休耕——时刻提醒着她已经逝去的生活和即将失去的生活。她想要把它抛在脑后。因为那里已经没有任何留给她的东西了。

1996 年 8 月

失去牧场,父亲缺席

即使牧场不是天堂,
它们至少拥有相同的邮政编码。

漫长的告别
THE LONG GOODBYE

牧场小径上有一块岩石，曾被我的父亲称为"心岩"。这倒不是因为岩石的形状——它其实是一个浅浅的洞穴——而是因为他把我们所有人姓名的首字母都画在了岩石平坦的内部表面上，周围还画上了心形的图案。

茂密的树林中还有一棵他所说的"刽子手之树"。这个名字十分贴切，因为它的一根树枝上有许多凹槽，是很久以前悬挂尸体的绳子留下的。这片如今名为"天堂牧场"的地方并非一直都是田园牧歌般的存在。被称为美国殖民战争的一部分战役就曾在这片土地上打响。我敢肯定，周围的几座牧场上还有其他树木或者类似的东西曾被用作绞刑架。它们提醒人们，这个国家并不是在一片祥和中安定下来的。

牧场还有另外一个故事。它是我的父母从我高中同学的父母手中买下来的。多年前的新年前夜，我的这位高中同学

1996年8月
失去牧场，父亲缺席

死于一场交通事故。

牧场本来的继承人是我的高中同学格伦达·科奈尔斯。我在亚利桑那州寄宿学校里上学的四年中，她曾是我的室友，也是我的朋友。她是个牛仔女孩、竞技明星。她会嚼烟叶，还试图教过我一回。可惜的是，我因此大病一场。她的生活总是围绕着马匹和牛仔竞技，还有曾经属于她、能让我父亲逃离这个世界的土地。我的父母第一次开车来到这里时，并不知道这个巧合，但他们很快就会知道了。这片土地就这样完美地完成了易手。

我试图告诉自己，类似的事情说不定还会发生，努力想象还会有别人在牧场上找到值得纪念的地方，欣赏历史留在树木上的疤痕，欣赏石头上绘制的全家姓名首字母。然而我的思想却在反抗。我一直在努力，因为我觉得自己应该有所准备。即便没有将这些话说出口，我也能感觉到。

某天下午，听到母亲在电话中告诉我，牧场已经在苏富比拍卖行挂牌出售，那一刻我感觉自己元气大伤。终于可以开口说话时，我嘟囔了一句："哦……我很失望。"

出于某种原因，我一直以为我们首先失去的会是我的父亲。我会与他道别,然后为牧场而奋斗,以某种方法将它留在家里。可牧场却是先失去的。

我走向衣橱,拿出他的衬衫穿上,突然迫不及待想要触摸某件属于他的东西。

上一次去洛杉矶探亲时,有一个瞬间曾被我试图抛到一边,因为它激起我不想拥有的感觉。此时此刻,我却无法对它置之不理。我需要一个信封,于是去父亲的书房办公桌的抽屉里寻找。正是这张书桌,将我带回过去。我又变成一个小姑娘,在父母不在的时候蹑手蹑脚地钻进他们的卧室,坐在父亲的办公桌旁。打开抽屉,我注视着那堆顶部装饰着"罗纳德·里根"浮雕字样的奶油色信笺纸,伸手摸了摸。纸张柔顺光滑,制作得十分精致。后来,我开始写诗时,便会拿几张信笺,把诗句写在上面。中间的抽屉里存放着三乘五英寸的便条卡,上面全是他难以辨认的独特笔迹。那些都是他的演讲,有些已经发表,有些还在创作的过程中。当他还是个演员时,他便受邀进行演讲。

我会坐在他的办公桌前,更多地去了解他,靠近他。他就在那里,在抽屉里,在精美的纸张里,在便条卡里,在他很少用到的笔架上——因为他更喜欢较为廉价的圆珠笔。

1996 年 8 月

失去牧场，父亲缺席

数十年后，我坐在同一张办公桌旁寻找信封，克服着涌上心头的情感。这张桌子终将归于图书馆。它是用某种深色的木头制成的——我觉得是桃花心木——边缘雕刻着花纹，桌面是皮质的。过去我时常把脸贴在上面，闻着皮子的气味，感受它贴着我的脸颊时那种凉爽与光滑。我一边寻找信封，一边寻找着他的信笺纸，就是顶部写有"罗纳德·里根"的奶油色信笺纸。能够找到这样一张纸突然变得重要起来。但我没有找到。这是一张很久没有被它的主人使用过的书桌，而且再也用不上了。如今的它顶多是一个储物箱。

他坐在这里，时而写作，时而做着白日梦。我能够清楚地看到他——专注地低着头，在黄色的便笺簿和便条卡上写满难以辨认的字。我还能看到他抬头眨了眨眼睛，朝着进来向他提问的小女儿露出微笑。

我不知道我会以多少种方式失去父亲。

他曾经说过："即使牧场不是天堂，它们至少拥有相同的邮政编码。"做总统时，他坚持经常去牧场看看，哪怕只去一两天。他告诉麦克·迪弗，去牧场走一走能让他更好地工作，还能帮他长寿。

漫长的告别
-
THE LONG GOODBYE

　　我深陷在幻想中，以此逃避父亲缓慢的死亡。我想象着让牧场恢复生机，让牛马重新在土地上漫步，让鸭子回归池塘，让小径畅通无阻。我想象着在疾病外的某个地方，在一簇簇已经无法接收或传输信息的神经元背后，他是能够感知到的。我紧抓着这些画面与幻想不放，直到撞进现实。牧场不得不被放弃了。父亲再也去不了那里，永远无法在小径上骑马，或是仰望天空和山坡。

　　"牧场要被出售了。"电话里，母亲难过地通知我们每一个人。我从她的声音里听出痛苦的摩擦声，还有她试图超然于世外、保持镇定的样子。我知道这对她而言很难，为自己的自私感到内疚。我想说，我不想让这一切改变，甚至想要尖叫——身体里钻出一个孩子气的女孩，朝着生活和不可预知的转折挥动着拳头。

　　当我打电话给莫琳时，她的声音正因哭泣而颤抖。"我们的动物都埋在那里。"她说，"那里还有爸爸挖出来的湖，建起来的栅栏。"

　　"我知道，我知道。"我告诉她。面对她的心痛，我无所适从，不知道如何应对自己的痛苦。

　　莫琳曾经以为我们的父亲可以在牧场上度过人生的最后

1996年8月
-
失去牧场，父亲缺席

时光，阿尔茨海默病的最后阶段。这对她来说是顺理成章的。她想象他凝视着山峦和苍穹。早些时候，我曾想象他能再次教我骑马，就像我小时候那样。当你不知道某种疾病会带来什么后果时，就会这样去想。阿尔茨海默病拉近了世界的边界。如今，无垠的天空和山坡对他来说太大了，会令他害怕。他已经不记得盛装舞步的精妙和怎样完美地跃上马背了。

我们都在朝圣，每走一英里，就会失去更多的东西，不知道接下来还会失去什么。

在共和党的全国代表大会上，迈上舞台的母亲看上去如此渺小，其中一部分原因在于父亲的缺席实在太过显眼。他出现在她身后的大屏幕上，这是她出场前播放的那部六分钟电影中最后的画面。这是共和党的战略：唤起人们对罗纳德·里根的记忆，也许就能再次捕获这个国家的心脏。然而拨动人们心弦、催人泪下的是他的缺席，还有一袭白衣、瘦小孤单的母亲走出来的样子。

在短暂发言的过程中，母亲强忍着泪水，为看似严肃的代表大会增添了更多的情绪。政治要事被暂时搁置，人人都沉浸在充满人情味的场面中。我是绝对不可能参加代表大会

漫长的告别
THE LONG GOODBYE

的。这一点母亲心知肚明。什么候选人，什么政党纲领……我甚至无须向她解释。可我绝对不会错过观看献给父亲的颂词和母亲的出现。

我知道，身在加利福尼亚州的父亲正坐在自己最喜欢的椅子上观看。我告诉自己，他会为现场爆发的情感微笑。这种情感超越了政治，不是哪个战略家可以创造出来的。他总是十分欣赏人类情感和人际关系的简单真理。尽管他在政治上处于牢固地位，却还是期待能将意识形态放在一边，在人与人之间搭建一座桥梁。他很喜欢回忆自己与戈尔巴乔夫是如何惺惺相惜的，因为两人都出身贫寒，却在关键时刻面对面站在了历史的聚光灯下。他们建立了一段友谊。对我的父亲而言，这说明了一切。

他与米哈伊尔·戈尔巴乔夫是1985年在日内瓦认识的。两人讨论了战略防御计划和两个世界超级大国间的未来关系等事宜。毫不夸张地说，世界的命运危在旦夕，可他从未忽视过人类的小问题。我的父母在日内瓦湖畔租了一座小别墅。他们睡觉的卧室里摆着别墅主人家的孩子拥有的一只鱼缸。父亲答应过那些孩子，会帮忙喂养他们的金鱼。他信守诺言，却在某天晚上回来时发现其中的一条金鱼死了。他叫一名工

1996年8月
失去牧场，父亲缺席

作人员把金鱼放在盒子里，带去日内瓦的一间宠物商店，试着寻找一条看上去一模一样的。工作人员找来两条金鱼，都被我父亲放进水族箱里。后来，他还给那几个孩子写了一张便条，解释了事情的经过。

今年是大选年。早些时候，罗伯特·多尔说过："如果你们愿意，我可以成为另一个罗纳德·里根。"好像这是有可能的，好像他能造出我的父亲，像数字油画那样把他组装起来，然后模仿他似的。听到这句话时，我心想，你是真的不明白。在代表大会播放的那段影片中，葛培理形容我的父亲是"我身边最令人振奋的人"。这可不是你下定决心就能变成的模样，也不像作业那样可以被写出来。它要么就是你身体的一部分，要么就不是。罗纳德·里根能够超越人们的钩心斗角，拨动他们的心弦，不仅仅是能背诵讲话稿。

母亲代替我的父亲孤零零地站在台上，因为他无法出席，而且再也无法出现在那里了。人们哭泣，是出于对他的想念。

影片中的他神采奕奕，面带微笑，双眼闪烁着光芒。镜头平移到观众身上，大家都潸然落泪。我心想，要是你们看到他现在的眼神，会哭得更厉害。他的眼睛曾经看起来宛若

漫长的告别
THE LONG GOODBYE

夏天，泛着清澈的蓝色，灿烂耀眼。然而那里的天气已变，乌云多了，阳光少了。母亲在圣地亚哥时，父亲曾对其中一个护工说过："现在我的整个世界都已经颠倒了。"

简短的演讲结束时，母亲提起我的父亲"还能看到山间闪光的城市"。但它不在这里，不在这个世上。他的眼神正越过我们，望向我们还无法看到的东西。

1996年10月

他正在慢慢离去

在最好与最坏的关系中都存在着一个独特的真理 ——
我们一直生活在父母的荫庇下。

漫长的告别
THE LONG GOODBYE

面对父母的离世，有些事情是人们不愿提起的，因为那种感觉就像在亵渎神明，仿佛丧亲之痛蒙受了羞辱。不过要是诚实以对，或是勇敢直言，他们会告诉你，在父母败给死神的过程中，他们心底的某些东西也应运而生——数十年来一直沉寂在骨子里等待的东西。除了对自己的父亲或母亲低声道出最后一声再见的那一刻，人生中没有哪种失去、哪种经历能够催使我们的身体摆脱阴影。

这与我们和父母关系的本质没有任何关系。在最好与最坏的关系中都存在着一个独特的真理——我们一直生活在父母的荫庇下。他们挡在我们面前，介于我们与"人终有一死"之间，站在我们与"长大成人"之间。父母定义了我们，决定了我们人生的定位。我们是孩子，他们是父母。唯一能够将其改变的就是死亡。

1996年10月
他正在慢慢离去

母亲曾经提起她的父母去世时的情景，说过这样一句话："你会意识到，自己再也不是任何人的宝贝女儿了。"这句话说的是亲人离世后随之而来的悲哀，其中也蕴含着某种悲哀之外的含义——心灵深处，你正悄然转换，让更加真实、更加成熟的自己走到曾经的那个孩子面前，占据他在这个世界上的位置。

生死交汇，这就是万物的原型。神话中充斥着这种内容。玛雅神话中，死亡女神不仅掌管死亡，还能让子宫中的婴儿翻转，使其顺利降生，并为母亲催乳。

在塔罗牌中，死神牌往往代表新生，只要通道畅通无阻就行。这里的"通道"指的就是其他事物的死亡。

在大自然中，从生到死、从死复生的循环是显而易见的。我们的牧场被烧毁后，父亲曾向我展示过从苍白的大地上钻出来的绿色嫩芽。他这是在教导自己的孩子，死亡只不过是在为新生开路。多年后，我听他提起过，印第安人会故意烧毁数英亩布满老龄植物的土地，赋予新生命一个机会。他哀叹，在现代文明中，我们就做不了这样的事情。法律有禁止放火的规定，因此我们显然不能这么做。从某一方面来说，这是很可悲的。我们无法坦然面对生死，忘记了二者属于一道轮回，也忘记了死亡能让新的生命诞生。怀揣着对死亡的

漫长的告别

THE LONG GOODBYE

恐惧，我们生出了对生的忧虑，身陷没有太多逃脱希望的囹圄。

如果你询问一个已经埋葬过自己父母的人，他们的死亡带来了什么，答案显然是释然。有人问过这样的问题。承认这一切，允许新的光线涌入，这样的做法肯定是正确的。

我的两个闺密最近都失去了母亲。我分别问过两人，悲痛之外是否存在新生，是否有从沉睡中一觉醒来的感觉，就像冬眠一样。两人都说，这正是自己的经历。其中一人形容，尽管她与母亲非常亲近，失去她令人感觉沉重得无以复加，但她精神的各个角落都轻松了不少。"我不知道自己感觉最轻松的时候她是否正在我的身边飘荡，将我从自己的身体里拽起来。"她说。谁知道呢……我们伸手去触及这些思想和念头，试图去理解这些压倒性的奥秘。前方总有人在悲痛中饱经风霜。我们这些后来之辈只能密切地关注。

我的另一位朋友自己也做了母亲。她表示，她心中的那个成年人是在母亲死后才被召唤出来的。结婚多年却无法与丈夫和谐相处的她终于鼓起勇气离了婚，不再寻找借口。母亲的离世催生了一个更加勇敢的女子，一个愿意接受感情终结，可以坚定迈入人生新阶段的女子。

1996年10月
他正在慢慢离去

也许事情就是这么简单：我们从悲哀的高台上一跃而下，扎进自己所知最深的水域，屏住呼吸不断下潜，然后返回水面，一跃而出——不曾潜水的人是做不到这一点的。苏非派有这么一句祷文："击碎我的心，好为无限的爱创造新的空间。"

我的父亲正在一点点死去，仿佛有把巨大的刀正将他一点点切掉。如果坚持向死而生的观点，也许就意味着我的新生还要经历一个漫长的过程。有时我会崩溃大哭，不曾料到自己竟有如此多的眼泪。如果情况继续这样下去，那么我不知道会变成什么样的人。也许我会溺亡在自己的悲伤中。其他时候，我好像一直都在这种美好的变幻中观察——沉迷、惊叹于生死之间的相互作用。

有一天，我在收拾衣服时偶然看到了衣柜镜中的自己，竟然没有认出自己的双眼。我愣住了，凝视着它们，心想：要是我遇到拥有这样一双眼睛的人，肯定会以为她在离群索居，身处某个属于自己的岛屿。我不知道我会变成什么样的人，也不知道那样的眼神中会有什么样的人格在等待被解放。

眼下，一切似乎既凌乱又迷茫。我就是这个过程中的一件作品。由于死亡才是至高无上的指挥者，我对死亡及其过

漫长的告别
THE LONG GOODBYE

程的感受或想法都在逐渐显露，不按顺序，违背时序，仿佛我度过的年华都在一只摸彩袋中，被某个人的手搅来搅去。我是个年轻女孩，在夜色中躺在床上，顿悟到死亡和虚无，吓得浑身发抖。我们该何去何从？未来会发生什么？这些都是谁也没有权威回答的问题。我坐在父亲的身旁，感谢他很早以前教会我如何与上帝沟通，让我的人生有了精神支柱。我没有告诉他，在事情看来毫无希望、不知还有何意义时，正是这个支柱好几次挽救了我的生命。这就足以让我对他心存感激，看着他的双眼含泪说道："上帝永远都会聆听我们的声音。"父亲已经退到一个超越言语的地方，却将那些言语赋予了我。我如饥似渴地接了过来，如往常那样，像个饥饿的孩子。

我就是那些人，却又不是那些人。每天早上醒来，我都会望向镜中的那双眼睛，却认不出来。我想象着朋友某一天也会问我，父母的死亡会让我的内心产生什么变化。我知道我会有答案，一个仍旧藏匿在阴影中的答案。我能够瞥见它的存在，却不能将它看个真切。

1997年2月,洛杉矶

活在当下

有时,我们能在沉寂中找回欢笑,
纵使知道前方障碍重重,
也会尽力不盯着它们不放。

漫长的告别
THE LONG GOODBYE

最近我读到，地球上的空气可以自我循环。你吸入的任何一口气都有可能与杰罗尼莫、托马斯·杰弗逊甚至恐龙曾经吸过的氧分子相同。

琢磨这件事时，我正步行穿过父亲在世纪城的办公室玻璃门，走进凉爽的室内。终有一天，他将再也无法到这里来，办公室也将不得不搬去某个小一点儿的空间，让别人占据这些高层的阁楼套房。无论将来在这里工作、经商的人是谁，他们都有可能呼吸到曾经在我父亲的肺里吸进呼出的空气。他们可能不会这么想，但是我会。

对于阿尔茨海默病来说，模式与条理是至关重要的。父亲处于平稳状态已经有一段时间了，日常生活过得井井有条。他每天都会到办公室里待几小时，和几位访客相处片刻，与他们握手、合影，然后送他们离开。午餐送达后，他会在可

1997年2月,洛杉矶

活在当下

以一览全城美景的窗边用餐。下午,他偶尔会去打高尔夫球,或是去散步,身边总有特勤人员陪同——他们必须了解这种疾病的神秘特点,为他安排时间表可谓是一种挑战。节假日和雨天格外困难。

我进门时,他正坐在办公桌后。我注意到,桌上空空如也。没有工作,没有任何已经写好、等待签署或是可以书写的东西,而是放了一只银色的水罐和一只玻璃杯,还有一本被人用墨水笔草草画了几笔的黄色记事簿。那是有人在试写钢笔吗?是他吗?他要写点儿什么吗?他只是坐在那里,双手交叠着放在桌面上,后背挺直,眼睛盯着一片空虚,看上去是在等待某人告诉他该做些什么。我为他感到心痛。

在我走向他时,他站了起来。我吻了吻他的脸颊。他的口气闻起来像是牙膏的味道。我们的拥抱既简短又腼腆——这是我与他交流的一种语言。

"看看你书架上的这些照片吧。"我对他说。照片我以前全都见过,但这不是重点。我不想让他坐在那张空得可怜的桌子背后。

"好的。"他边说边朝书架挪步过来。

他指了指我婚礼那天拍摄的照片,然后看了看我,眼神

漫长的告别
THE LONG GOODBYE

像昔日那样闪烁着光芒。这种光芒如今已经十分少见了。我牵起他的一只手——他的手很软，轻轻地握着我——走到房间另一边。他停在自己母亲的一张照片前。"这是内莉。"他告诉我，随后又补充了一句，"当然，她现在已经死了。"

我从书架上取下一本名为《罗纳德·里根的早期电影》的书。"你看，爸爸。给——这是你拍过的所有电影。"曾经的他英俊年轻，眼神中带着淘气的纯真，是镜头的宠儿。

我翻阅那本书时，他就站在我身旁。我转过头看着他低头注视着书页，注意到他的后脖颈，突然想起他的哥哥最近去世了。我以前从未注意过这两人竟有相似之处，从脖子的倾斜处一直到发际线。如今，他的脖子似乎更弯、更粗了，看起来又衰老又脆弱，脆弱得让我的手想去触摸它。

他伸出手，指了指他和埃罗尔·弗林拍的一张照片。

多年后，当我想起父亲时，哪些瞬间与画面会留存在我的记忆中？是他柔软弯曲、因为衰老而变厚的后脖颈，还是他愿意被人牵引的手？也许越久远的画面才越清晰。我们都更年轻的那些时光，我和所有女儿一样渴望从父亲的身上得到更多。我们乞求父亲的关注，他们却不知道如何应对我们的需求。我的父亲总是十分矜持。面对这样一个和颜悦色、

1997年2月,洛杉矶
活在当下

态度开朗的男人,你是很难生气的。于是我变成一朵单人风暴云,各种激动,我行我素——只要能让他的眼神望向我的方向,什么都愿意做。他为我感到困惑,为我的不快乐而不安。看着常为某件事情躁动不安的女儿,这个安然自若的男人只能悲哀地摇摇头。

现在我们已经习惯了沉默和轻声细语,会谈论滑冰、照片或马匹。

"我想我很快就要搬回洛杉矶了。"我告诉他。他的目光离开相册,在房间里游移。

"哦?"他问了一句。

"我在纽约的房东要卖掉我那间公寓。所以,是的——我想我会搬回这里。"

他点头微笑的样子并没有告诉我他是否听懂了我的话。"好吧。"他高兴地回答。

我和父亲并肩站在沐浴着阳光的办公室里,背后是一张空荡荡的办公桌。如今的他已经老了,不记得什么了。可我们非常乐意保持沉默。这么多年过去了,经历了如此多的争吵、眼泪和冰冷的缺席,我们才走到这一步。我与父亲之间的空气似乎不再沉重,不再充满戏剧性与不安。我能为他做

漫长的告别
THE LONG GOODBYE

的就是这些,平静地待在他身旁,做他言语间的一个轻松的伴侣。

母亲对沉默则有不同的反应。四十五年如一日,父母每晚都会坐在晚餐桌旁,却很少交谈。父亲专注于每一口食物,仿佛在调动体内的一切来完成这个任务。母亲还记得那些更加惬意的夜晚,两人谈笑风生地共进晚餐。这些回忆压在她的心里,沉甸甸的。

不管怎样,我们都会从这里开始,沿着永远占据上风的疾病为我们开辟出来的道路继续前进。我们也会拥有某些瞬间,一日日甚至是一年年。有时,我们能在沉寂中找回欢笑,纵使知道前方障碍重重,也会尽力不盯着它们不放。我的父亲现在是个活在当下的人。我们能为他做的就是试着同样活在当下。

2004年6月3日
月圆之夜

我们从心底知道他不会真的离开。
离开的只是他的身体,
我们随处都能感觉到他的灵魂。

漫长的告别
THE LONG GOODBYE

母亲和我坐在我父母家的书房里,两边是过去四年中为我父亲治疗的两位医生。现在是中午,太阳已经驱散了所有晨雾,不过这个房间里是阴凉的,几缕光线穿过拱悬在草坪上的树木透了进来。医生的眼睛是浅蓝色的,让我想起了父亲的眼睛曾经的模样。多年前,时间与疾病还没有让它们变得苍白。刹那间,我的脑海中闪过一段回忆:大约六年前,另一位医生也曾坐在这个房间里,不屑一顾地看着我,因为我告诉他,父亲人得了阿尔茨海默病,灵魂却没有。我很高兴此刻坐在这里的人是沙克医生,因为终点已经迫近,我们很愿意与他一起陪伴父亲走完最后的时刻。

罗恩和多利亚正在夏威夷旅行。这是他们很早以前就计划好的。我们给罗恩打了电话。这几天,他每天都会向我们询问情况。他应不应该早些回来?他本来计划这周末返程。

2004年6月3日
-
月圆之夜

我们不知道该怎么告诉他。

"这方面没有确切的科学依据。"沙克医生温和地告诉我们,然后用直白的眼神久久凝视着我的母亲,"我可以告诉你们的是,下个星期之前,你的丈夫就不会在这里了。要是罗恩按照自己的计划行事,还能及时赶回来吗?我不知道。也许不行。"

我想知道他是如何做到这些的 —— 照料临终病人,安慰家属,俯身照料那些曾经健康、有活力,如今却在被窝里瘦得不成人形的人。

父亲已经几天不曾睁开双眼了。在此之前,他只有一只眼睛能够偶尔睁开,无法一直睁着。他已经不再说话了,那双曾将我抱上马背的手苍白得与毯子融为一体,摊在那里时如此纤细,一动不动。他每次醒来都会喝点儿水,但大部分时间都在沉睡,呼吸不太规律,有时会暂停几秒钟,紧接着又大口喘息起来,试图把空气塞进自己的身体。我们无助地旁观。即便很多年前就知道这一天终将到来,在见证一段生命的终结时,我们还是感觉自己似乎从未把它看作现实。

这些天,每当太阳爬上天空,我们就会聚集在这间书房里。三个心情悲痛的人试图为注定的结局做好准备,凭借直

漫长的告别
THE LONG GOODBYE

觉标记那一刻到来的时间……却心知自己其实是做不到的。我想要在场，也祈祷自己能够在场。每天晚上，我都害怕电话会在寂静的深夜里响起，害怕那一刻终于到来。我的父亲就要离开了。要是母亲不在那里怎么办？要是她被半夜的敲门声吓到了怎么办？要是父亲生命的最后时刻她不在场，她将如何活下去？这些问题与我内心涌起的悲哀纠缠在一起。

悲伤有个很奇怪的地方，那就是它给你的感官带来的影响。有机会时，大家偶尔会谈到它。你的感官会变得分外明晰，仿佛周围的整个世界都分明起来。或许你身体的一小部分也在死去，而这就是从那个平静的地方观察万物时的感觉。

蓝花楹木的花朵已经盛开——满树的紫色花苞，落英铺满了街道和草坪。我满眼都是这个颜色，仿佛自己以前从未真正看到过紫色，这样的紫色。茉莉花藤也一样，花朵洁白得如同从皓月上削下来似的。空气中弥漫着它们的浓香，令我晕头转向。我感觉它们在我的喉咙里就像一剂灵丹妙药。

我看向自己的双手，感觉似乎能够看穿手上的皮肤。别人的皮肤也一样。市场里那个一头银发的妇人戴着婚戒，买的却是一人份的杂货。父亲曾经告诉过我，你永远不会知道另外一个人的生活中到底发生了什么。我希望自己告诉他，

2004年6月3日
月圆之夜

  有时候，你是可以知道的。我们都有自己的故事。母亲已经习惯了每天都能触摸到父亲——即便是像这样双眼紧闭、呼吸不均的他。要是指尖摸索不到他的皮肤，她的双手该怎么办呢？

  每天，母亲和我都会要求护士离开房间片刻，好让我们能与他说说话，低声告诉他，我们知道他必须离开，但这没有关系——我们会在一个更好的地方再度与他相遇。那里不会有人生病或受伤。我们还会向他诉说我们的爱，说我们知道，他之所以还在坚持，是因为不想先一步离开。不过，我们从心底知道他不会真的离开。离开的只是他的身体，我们随处都能感觉到他的灵魂。

  我们决定让罗恩早点儿回来。时间好像分分钟都在砰砰作响，让我们知道又一分钟过去了。今晚是满月。父亲会不会在银色的月亮又圆又亮时去世呢？在我还是个孩子时，这样的月亮总是能够激发什么故事。还是说，是月缺的时候……他就像月亮一样……每隔一小时就会更加虚弱一些。

2004年6月4日

那一刻已经近了

深夜一片静谧,
我耳畔沉默的电话告诉我,父亲还在那里。

漫长的告别
THE LONG GOODBYE

今天的状况和前几天一样。在沙克医生为父亲检查身体时，我光着脚盘腿坐在父亲的书桌旁，仿佛自己是栖木上的一只小鸟，双脚距离地面太高，所以宁愿坚守在自己坐着的地方。

然后我们三人——母亲、我和医生——再次来到书房讨论结局。那一刻已经近了，更近了。沙克医生自己半夜接到电话时，曾确信是护士打来的，结果却是打错了。明天黎明之前罗恩就能赶回来。我想他也许还能赶上。沙克医生紧接着问我今晚是否还会再来。我应该过来吗？我问他。你也许想要过来。他回答，一双蓝色的眼睛传递着某些信息，撕开了我内心的伤口。

迈克尔带着家人来了。他们围坐在父亲身旁，低声耳语。我还是盘坐在自己的栖木上，不知道他们说了什么。除了迈

2004年6月4日
那一刻已经近了

克尔,他们大多数人已经许多年没有见过我的父亲了。突然见到他这副模样肯定十分难过。

那晚晚些时候,我又回来了,和母亲、爱尔兰护士劳拉一起站在父亲床边。劳拉用父亲祖辈那种抑扬顿挫的语调安慰着他。我们并不是有意找一位爱尔兰护士,我一直怀疑这就是命运的安排。父亲曾经看到她就会双眼发光——那时他的眼睛还能睁开,眼神还能发光,仿佛想起什么有趣的事情。那似乎已经是一个世纪以前的事情了。

三个女人围着他的病床,谈论着结局,谈论着死亡,谈论着死亡是如何发生的。

"我听过许多故事,说人临死前会有片刻的清醒。"我告诉她们,"他们会睁开眼睛,环顾四周,即便他们之前已经病入膏肓。"

劳拉笑着点了点头。"我的父亲就是这样。"她说,"他临死前似乎隐约苏醒了过来,注视着我们所有人。"

"你觉得这种事情也有可能发生在我的父亲身上吗?"我迫切想要知道答案,却又害怕听到自己可能猜到的那个答案。

劳拉的眼神垂了下去。她曾经陪伴过许多人走向生命的最后一刻,包括她自己的父亲。"我觉得不会。"她告诉我们,

漫长的告别
THE LONG GOODBYE

"因为阿尔茨海默病夺走的东西太多了。"

母亲和我都缓缓点了点头。好吧……其实,我们也不曾指望过什么,仅仅是希望而已。我好几次都以为事情今晚就会发生,他会在这一小群女人的围绕下离开人世。我想象我们用声音安慰着他,让他安心放手。与此同时,我又希望他能坚持到黎明前罗恩赶来的时候。最后,我还是留下母亲离开了,知道她躺在床上属于她的那一边,将无法安眠。即便父亲那半边床已经空了三年半,她还是会睡在自己的那一边。她会闭上双眼,在可怕的沉寂中祈祷自己能在父亲咽下最后一口气时握着他的手。

月光透过窗户洒满了我的床。我爬上床,心知不安的梦境正在等着自己。

那晚,我几次醒来检查电话,确认它是否正常。没有问题。深夜一片静谧,我耳畔沉默的电话告诉我,父亲还在那里。我知道他在等待罗恩回来。

2004 年 6 月 5 日

他从未离开

我们有时会因回忆往事而备受鼓舞,
有时又会被悲伤压倒在地。

漫长的告别
THE LONG GOODBYE

　　我五点半就离开了家,驱车十分钟前往父母家。街道上几乎空无一人。浓雾从风挡玻璃前擦过。虽然我们已经为结局等待了好几天,它却还没有到来——我对他还能坚持这么久感到惊讶,心里所有的声音在对我耳语:"今天就是父亲离世的日子了。"我在脑海中一遍遍重复着这个念头。这么多年了,我们一直知道这一天终将到来,但一切与我想象的截然不同。他再也不必受困于衰弱的肉体和被清空的记忆了。我应该为他感到高兴。我心里的某个地方肯定是释然的——为了他而释然。因为他一直相信,死亡就是一种回归。然而,在填满我身体每个角落的巨大苦痛乌云下,我却遍寻不到释然的踪迹。

　　昨天,媒体竞相发布了父亲即将离世的传言。我始终不明白消息是如何走漏的。在我父母家的大门外,一个记者正

2004年6月5日
他从未离开

在潮湿的雾气中举着相机等待。我甚至为他感到悲哀，因为父亲也许会有这种感觉。

弟弟已经到了，正坐在病床边双眼含泪，痛不欲生，一只手搭在父亲的后背上。他的后背已经越来越薄了，骨头棱角分明，像嫩枝一样纤细。罗恩的手如今很结实，又大又宽，十分能干。

夜班护士南希还没有离开，会一直待到八点。我不知道那一刻到来时，她会不会在这里，还是说劳拉注定要在场。我一直相信，某人离世时，谁会在场绝不是偶然。沙克医生已经接到了电话，很快就会赶来。父亲的呼吸更加急促了，紧闭的双眼蒙上了阴影。

自从父亲摔伤臀部、卧床不起后，这个房间就一直是家里的中心。母亲会在这里吃晚饭，我们也习惯了聚集在床边。然而在这个雾气弥漫的白色早晨，一切都不一样了。罗恩的目光几乎没有离开过父亲的脸庞，仿佛是要记住所有的细节，或许是在默默与他对话。几个月前，我们还在笑谈父亲对甜食依旧兴致勃勃。阿尔茨海默病偷走了许多东西，却没有夺走他对甜食的热爱。

八点钟的时候，沙克医生赶到已经有一段时间了。劳拉

漫长的告别
THE LONG GOODBYE

也来了。南希流着泪离开了。她知道自己将再也见不到我的父亲。我心想，这就是要陪在他身边的人了。我们喝了茶，试着吃了些早餐，轻声交谈，偶尔想起某些有关父亲的回忆时还会亲昵地大笑几声——他试图在餐桌上将蔬菜藏在土豆泥或米饭下面时的样子；他发现牧场上的树叶被打湿时会像肥皂一样起泡的事情。"爸爸觉得这将成为下一代的洗浴产品。"罗恩说。我们讲述着他一贯的幽默，还有他永远积极看待这个世界的方式。

伴随清晨的来临，炙热的阳光穿透了雾气。他的呼吸变得越来越困难。有好几个瞬间，我们都以为就是现在了。大家紧紧围坐在他身旁，轻轻触摸着他，诉说着我们爱他。他急促地吸着气，发出打呼的声响。我们含着眼泪笑了起来……别无他法。我们就像他身边起伏的潮汐——移动着，改变着，却不曾离开。电话响了。门外聚集了很多记者。另一个房间的电视里传来了新闻报道的声音：里根总统即将去世。

没关系。所有真实的事情都将发生在这个房间里。

临近一点的时候，我们知道这一次是真的了。这是他的呼吸告诉我们的——它实在是太浅了，听起来甚至无法到达他的肺部。他的脸歪向我的母亲，大大地睁开两只蓝色的眼

2004年6月5日
-
他从未离开

睛,眼神是那样专注。他的双眼已经有一年多没有这么蓝过了。父亲径直望向母亲,盯着她看了一会儿,然后轻轻闭上双眼,停止了呼吸。

除了轻柔的啜泣声,房间里安静极了。母亲低语道:"这是你能给我最好的礼物了。"

前一天晚上,我们曾以为疾病将定义我父亲的最后时刻。他却让我们知道了自己错得有多离谱。他的灵魂超越了过去那些岁月的所有创伤,睁开双眼,饱含爱意地注视着我的母亲。他的眼睛是蓝色的,眼神丰富而温柔。这是他在这个世界上最后的爱的举动,意味着将她拥入怀中,直到他们再度团聚。

这一天剩下的时间都如做梦一般。直升机来了,在房子上空盘旋,试图拍到某个人——任何人的照片。众多记者将贝莱尔的街道堵得水泄不通,殡葬人员都无法通行。于是我们告诉他们不用尝试,等到警察有办法把媒体拦在路障后面再说。就这样,我们陪着父亲的尸体坐了四个多小时。人们说的是真的——逝去之人的脸会变得平滑、没有皱纹,仿佛生活的所有磨难都已被抹平。他的房间仍旧是房子的中心。我们进出时还是会去摸摸他,轻抚他的手。有一次我抬眼望

漫长的告别
THE LONG GOODBYE

去，看到劳拉正在抚平他脚上的毯子，就像她多年来一直做的那样。我们不想待在其他房间。母亲说："我不想离开他。"

你知道这具肉体已经空了，灵魂得到了自由，而不是被肉体禁锢——这都无关紧要，因为你的眼睛仍旧想要看到他的人，不想看到他曾经躺过的地方变得空空如也。殡葬人员终于穿过拥挤的街道，赶到我家。那时，罗恩已经动身去了机场，好重新收拾行李，第二天再来。我、母亲与劳拉挽着彼此的手臂，注视着父亲被人带走。房间突然显得空空荡荡，像是遭到了遗弃。没有了他，病床看上去竟是那样窄小。没有他的未来在我们的眼前铺展开来。

我们有时会因回忆往事而备受鼓舞，有时又会被悲伤压倒在地。尤其是我的母亲。她肯定偶尔会想，他为什么必须先一步离开。我们将等待他进入自己的梦境，在每一扇敞开的窗口吹过的每一缕微风中寻找他的踪迹。我们要深呼吸，等待他的耳语渗透我们的耳边，诉说着秘密，逗我们微笑。我们也会永远记住他赋予了我们一个改变了一切的瞬间。那一刻，他睁开双眼，证明了爱比疾病更加强大。在日夜流逝的过程中，那一刻将成为我们手中紧握不放的一线希望。父亲过去常说，我们不必时时刻刻都知道原因，但是注定要去

2004年6月5日

他从未离开

信任。

加利福尼亚州的帕利塞兹有一座小山。那里如今铺好了一条道路，最高的地方已经被精美的庄园占据。不过那里曾经只不过是一座小山——在我小时候从我家步行即可到达。冬天的雨后，山上郁郁葱葱，夏天则是干燥的棕色。我们会在山上放风筝。父亲给我讲过这样一个故事：我很小的时候会紧紧牵着他的手，沿着小径上山去放风筝。有一天，当我们到达山顶时，风儿正在我们身边盘旋，头顶的天空无边无际。我踮起脚尖，朝着蓝色的天空抬起一只手臂，问他："如果我可以够得很高，是不是就能摸到上帝？"他回答："你不需要把手伸到天上。上帝无处不在，每时每刻都在我们身旁。"

现在我记住了。数十年后，走完大半人生，经历了痛苦与遗憾，回首时不知心里是否还有怀疑，或是一切是否都铭刻在父亲的灵魂中——我现在知道了，他说的是他自己。我不必踮起脚尖，或是把手伸向天堂。因为他就在这里。在每一次呼吸间，在每一个时刻里。他从未离开，只是继续前行，去了一个如他所说，没有痛苦和悲伤的地方。

后记
POSTSCRIPT

　　我们一家参与了长达一个星期的全国哀悼活动。车队，两场葬礼仪式。一场在华盛顿举行，另一场在西米谷市的里根图书馆举行。人们对我说，在这么多人面前经历这一切肯定十分艰难。你应该知道，这不难，反倒对我们有所帮助。人们对我父亲流露出的喜爱之情，排列在街道两边成千上万的观众，由于拥挤变成停车场的高速公路，一辆车也无法通过的拥挤高架桥，哭泣的人们手举标语和照片的画面……这些都能让我们不至于悲恸欲绝。

　　在两次横穿美国之后，在将父亲留在图书馆的圆形大厅里之后，在观看了士兵们庄严护送他的队列之后，艰难的部分是从星

漫长的告别
THE LONG GOODBYE

期五的晚上开始的。我们把父亲的骨灰盒放在图书馆里。母亲终于崩溃地说:"我不能把他留在这里。"尽管心知自己无法减轻她的痛苦,我和罗恩还是试图安慰她。在返程的漫长路途中,我们比这一整个星期都要安静。

回到我父母家的房子时,屋里漆黑一片,空空荡荡。管家今天早些时候去图书馆参加葬礼了,一时半会儿赶不回来。罗恩、多利亚和我飞快地打开屋里的灯。多利亚为母亲和罗恩做了些炒蛋。我们开了一瓶酒,在冰箱里找了些水果和奶酪,四人围坐在餐桌旁,看着图书馆葬礼的新闻报道。

把厨房里弄得一团糟,然后再动手清理——这个过程既甜蜜又平凡。不过,大家都知道这将是一段艰难旅程的开始。现在我们不得不忍受悲痛。人们告诉我,第一年过后,日子会容易许多,因为你已经挨过所有的节日——所有标志性的节日,比如父亲节、圣诞节和生日——活了下来。未来还有漫长的一年。我们知道,今晚就是起点。

十一点半,管家回来了。多利亚和我已经将厨房打扫干净。我们离开母亲,希望她能在这座仍旧太过安静的房子里入睡。

摆脱悲伤的唯一方法就是去经历它。没有捷径,无法绕行。但是,记住,站在高速公路和马路边的那些陌生人的脸庞还是大

后记
POSTSCRIPT

有助益的。他们就是为了告诉我们，他们热爱那个在 6 月某个早晨死去的男人。要是能够看到人们对我们全家表现出如此势不可当的喜爱，他肯定会惭愧得泪如雨下。父母带着孩子、牵着狗走出来，泪流满面地举着"我们心都碎了"的标语。消防员站在卡车上或高高的梯子上挥舞着美国国旗。还有坐在轮椅上的人，我父亲做总统时还没有出生的青少年。有时候，我们还会看到一个孤零零的人，一脸肃穆地站在那里，往往还敬着礼。他们全都是开车或步行过来的，就为了观看车队经过。星期五一早，不管华盛顿是艳阳高照，还是阴雨蒙蒙，他们都在等待我们走进国家大教堂。

我的父亲会怎么做呢？他会朝着大家挥手，和我的母亲一样——尽管她靠在门边的肩膀透露出了她的疲惫。他从不会把这种情感的流露作为对自己的赞扬，而是会把它看作人们生而善良的例子——这一点他从来没有怀疑过。每一个走出家门观看、哀悼和挥手致意的人都了解他这一点。这就是他们出现在那里的原因。